八十八歳を生きる　ふるさと東京の今昔

小嶋敏子

駄菓子屋

駄菓子屋の狭い土間は、たえず屯《たむろ》する子どもたちで賑わっていました。

黒砂糖を塗った麩菓子、赤い紙テープを巻いたニッキ、黒蜜を塗り三角に切った蜜パン、串に刺した焼いか、紙縒《こより》のついたカルメ焼き、細いガラス管に入った寒天ゼリー、三枚一銭のソース煎餅、小さな竹の皮に包まれた杏《あんず》、特賞の大袋入りが当たるおみくじ付きの甘納豆、色鮮やかなゴムほおずき、日光写真、べいごま、面子《めんこ》などなど。

夏は、蜻蛉や蝉捕りに使う、長い竿といっしょに、鳥もちの入った甕《かめ》が、薄暗い土間の片隅に置いてありました。

お針をしながら、背を丸めて店番をしていたお婆さんの横顔と、火鉢にかけた鉄瓶の、チンチンと煮えたぎる音が、今でも思い出されます。

煙草屋さんでは当時、刻み煙草といっしょに、いく種類もの煙管が台の上に並べられて売られていました。

八百屋

その頃、野菜や果物の仕入には、大八車が使われていました。

葱や人参、大根などによって作り上げた宝船に、赤や黄の幟《のぼり》を立て、新年の初荷を祝って市場から帰ってきます。お正月でなければ見られない八百屋さんの風景です。

また、四斗樽の端に長靴で乗り、二本の丸太を組み合わせて、ゴロゴロと里いもの皮むきをする風景は、当時どこの八百屋さんでも見られたものです。

自然の中で生まれた野菜や果物は、己の出番をよく心得ていて、いつも最高の旬の味で食卓を賑わしてくれました。

夏の盛りを待って出る、小さな西瓜を子どもたちは買ってきて、穴を開けて、中身をスプーンでくり抜き、ロウソクを立て、西瓜の提灯を作ります。そして行水を済ませ、小ざっぱりした浴衣に着替えさせてもらうと、提灯を手に暗くなった露地に出て、皆集まって遊びましたが、線香花火の火と共に、ボーッと赤く浮き出た西瓜提灯の灯りは、もう見ることができません。

和菓子屋

瓶の口元にあるビー玉を、丸い木型を使って思いきり下に押しやると「シュポーン」と大きな音がして、冷えたラムネの泡が、底の方から噴き上がってきます。なんとも爽やかでいいものです。

配達を済ませた小僧さんたちが、店の前にリヤカーや自転車を停め、中で一服し、一皿五銭の大福餅や、田舎まんじゅうを頬張っていた光景もよく見かけました。

夏の夜には、夕涼みの客をねらって、店の外に大きな葦簀《よしず》を立て掛け、中の縁台でかき氷を食べさせていました。

波の絵をあしらった中に、赤字で太く「氷」と書かれた旗は、遠くからでもよく目立ちます。脚のついた鉋《かんな》でかく氷の音も涼しげで、この上ない涼を呼んでくれます。

一杯三銭の水《すい》、一杯五銭の種物、かき氷はいずれも天を突くように高くガラス鉢に盛られ、どうやって食べようかしらと、考えてしまいます。

夏の時期だけ入り口に掛けられた南京豆を繋げた暖簾も涼しげでいいものでした。

玩具屋

布製の人形のお腹には、藁がいっぱい詰まっていました。長い袂《たもと》の着物を着た市松人形、下に寝かせるとそっと瞼を閉じる西洋人形、腹かけをして腹這いになった這い這い人形、玩具屋さんのウインドには、子どもの夢がいっぱい詰まっています。

女の子には着せ替え人形、おままごと、おはじき、お手玉など。セルロイドのキューピーは両手を広げ、大きな目をあけておどけて立っていました。

男の子にはブリキや木で作った機関車や自動車、サーベルに水鉄砲、弓矢にけん玉、軍人将棋に日光写真、黒い箱で出来たびっくり箱もありました。

どれを見ても木や粘土、ブリキにセルロイドと、素朴で温かい素材を使って出来ていました。

なんとも切なく、泣きたくなるような、そして郷愁を呼ぶ玩具ばかりでした。

蕎麦屋

蕎麦屋さんの表には〝だし〟を取ったあとの削り節が莚《むしろ》いっぱいに広げてあり、その前を「ぬき足、さし足」でそっと近付いて行く野良猫の後ろ姿もよく見かけました。

裏手に回ると、そこには醤油の入った一斗樽がいくつも積み重ねて置かれ、縁台の上には洗ったばかりのそばの笊《ざる》が干されていて、狭い露地をいっそう狭くしていました。天井には明り取りの引き窓もあり、竈《かまど》の裏側に突き出た土管の煙突も、古びていてちょっとあぶな気な感じです。

竈の上には大きな鉄釜がかけられ、調理場いっぱいを覆う湯気の中で、ポンプでくみ出す水の音、茶碗や丼の触れ合う音、まな板の上で刻む包丁の音が入り混じって、夕食時の蕎麦屋さんの勝手もとは、目の回るような忙しさです。

また、見上げるばかりに高く積み上げた笊や丼のお盆を肩に、チリンチリンと自転車のベルを鳴らしながら、片手で器用にバランスをとって出前を急ぐ蕎麦屋さんを見かけたのもその頃でした。

履物屋

当時の履物は、種類や色彩も非常に豊富でした。材料も幅広く、桐は軽くてたいへん履きやすいのですが、少々値が張ります。

一般には勝手履きといって、値段も手軽な雑木物といわれる杉、檜、栗などが広く使われていました。外出用には上に畳表を貼ったものもあり、ほかにポックリに似た形のあと丸。素足の美しさを見せる塗下駄。表面が波型に変形した細身のものを、当時私達は流線型と呼んでいました。ほかに雨の日に履く足駄《あしだ》や、日和下駄もあり、爪先に掛ける爪皮もカラフルでした。特殊なものとしては、小僧さんたちの間に広く愛用されていた雪駄《せった》。古タイヤを貼って作ったゴム裏草履、作り出し歯の庭下駄、学生さんの履く朴歯《ほうば》下駄など。

お正月や七五三近くになるとウインドには、子どもたち履く華やかな草履やポックリが飾られ、女の子の夢を誘っていました。店の天井には、鼻緒の束が隙間なく吊るされ、土間の片隅には、歯入れをする仕事場が必ずついていたものです。

菓子屋

ガラスの蓋をした長四角の切溜には、通称百匁菓子と呼んでいた量り売りのお菓子が入っていました。

当時はみな、百匁単位で売られていたので、きっとそのように呼んでいたのでしょう。好きなものを好きな量だけ買えたのどかな時代でした。

どこをみても、お菓子類が氾濫している現在《いま》とは違います。売り出しの日に纏め買いされたお菓子は、子どもたちのお八つや、職人さんのお茶請けなどとして、しばしば登場したものです。また、近所の子どもたちが遊びに来ると、母は缶の中から出したお菓子を、半紙に包んではあげていました。当時は世の中全般がもっと質素で、もっと慎ましい生き方をしていたようです。現在の子どもたちには、見向きもされないようなお菓子でも、その頃は、親から買ってもらえるということ自体が、喜びだったのです。店の片隅には色とりどりの金平糖が、かわいいガラス瓶に詰められ、赤い紐で天井から下げてありましたし、晒水飴《さらしみずあめ》の瓶詰めが、お産のあとの見舞いの品として、よく売れていたようです。

魚屋

冬場になると魚屋さんの店先には、グロテスクな格好をしたあんこうが、大きな口をあけて吊るされていました。お腹の真ん中に包丁を入れると、のみ込まれた魚が、そのままつぎつぎと出てきます。

冠婚葬祭の行事のほとんどを、家庭で済ませていた時代ですので、魚屋さんの仕出しも繁昌していました。

金串を打った鯛の塩焼きをするのは、祝膳の注文があるときです。ピンと張った尻尾は化粧塩で真っ白になり、ジュッジュッと脂の焦げる音がして、煙の向こうでは、ゴム長に黒の前掛けをしたお内儀さんが、刺身や煮物の器を、洗っています。

夢中で遊んでいた子どもたちも、お内儀さんの一声で直ちに招集され、箱から出したたくさんのお椀や、お盆拭きを手伝わされます。大きな銅《あか》の鍋で炊く、うま煮のよい香りもしてきて、裏方を受け持つお内儀さんの仕事も、ほんとうにたいへんでした。

瀬戸物屋

お店に並べてある品も、今とはだいぶ違っていました。仕入れた皿や丼は、一枚ずつ藁を敷き、十枚ほど重ねては荒縄で縛り、瀬戸物を並べた台の下に無造作にしまわれていました。洋食器といえば大、小の西洋皿にコーヒー茶碗ぐらいでした。あまり見かけなくなったものには、大きな水甕《みずがめ》、片口《かたくち》、行平《ゆきひら》、七輪など。また天井に止まった蠅を捕るガラスの長い筒もありました。漏斗《じょうご》のような形をした口から入った蠅は、長い菅を通り下に溜まった水の中に、落ちる仕掛けになっていました。青いフリルのついたような薄いガラス金魚鉢、瀬戸で作った湯タンポ。店の入り口には、ひとつ五銭のどぎつい色をした泥の貯金箱も売っていました。

裏手に回ると、趣を異にした大きな火鉢から小さな手火鉢まであり、また便所の手洗いに使う手水鉢《ちょうずばち》、紺地に白の唐草模様を描いた朝顔や、金隠しなどが人目を憚るように、そっと陰に置かれていました。

八十八歳を生きる　ふるさとと東京の今昔　目次

II　昭和の思い出

八十八歳を生きる　ふるさと東京の今昔

まえがき

あといったい、どの位生きられるのであろうか。残り少なになった人生を考えるとき、戦前、戦中、戦後を通し、東京に生きた〝証〟として私の心の中の記憶を総動員し、その事実を出来るだけ克明に書き留めておきたいと思う。決して思い出したくない記憶は、また決して忘れ去ってはいけない事柄だと思う。特に衝撃的な戦争体験も、同世代でありながら、それを取り巻く当時の環境により、大きく異なるようだ。

二度と再びこんな体験をしなくて済むような日本でありたい。

あれから遙か半世紀を越える歳月が流れた。年令《とし》と共に退化してゆく記憶の中で古き佳き時代の東京をぜひ形として残しておきたいとその再現を思いたち、紙粘土や木片、和紙等を使い、試行錯誤を重ねた末、古い東京のお店、数十軒が並ぶ町作りが完成する。あちこちで何度か個展も開いたが、その都度当時を知る多くの方々から涙が出る程懐かしいという称賛のお言葉も数多く頂き感謝している。
そして今、最も良き時代の東京を思い出すとき、終生愛し続けた〝ふるさと〟が其処にあるのだという実感をいっそう強くする。

平成二十五年五月

小嶋敏子

I　戦争の足音

洗脳された軍国主義

君に忠、親に孝、忠君愛国、滅私奉公

半紙大の紙に墨くろぐろと書かれた紙が、どの教室にも黒板の上の壁に貼られていた。

当時は誰もが当然の事と心得て何の不審感も抱かず、毎日を送っていた。

こうして小学校低学年の頃から一貫して叩き込まれた軍国主義は、日を追って厳しさを増していった。

年間を通して一月一日から始まり紀元節や天長節、神嘗祭、新嘗祭等々、各祭日には学校では式典があり強制登校、どんな寒い日でも吹きさらしの校庭で、外套の着用も許されず、ガタガタと寒さで震えながら校長先生の訓示と長々とした来賓の話を聞いていた。

そしてどこの小学校でも校庭の一角には御真影と称して天皇、皇后両陛下の額入りの写真が納められている、総桧造りの小さなお社風の建物があったものだ。当時天皇を生き神様として崇めていたその証拠として、非常の際には命をかけても御真影をお護りするという悲壮な決意のもと、先生方は毎日を送っていた。今考えてみてもお一人の人間として生まれながら、天皇であったが故にその人権すら奪われた形で勝手に神として奉られ、何の自由もおもちになれなかった天皇を思うと、本当にお気の毒で言葉にもならない。

式典も頂点に達した頃になると、モーニング姿の教頭先生が黒い四角の盆の上に紫の布をかけた両陛下のお写真と教育勅語をもって恭しく前に進み、校長先生に渡すと、一方純白の手袋を嵌めた校長先生は、これまた緊張した面持ちで粗相のないよう教頭先生から渡されたお写真を、壇上に設けられた場所へと安置する。そして徐《おもむろ》に教育勅語を出して読み上げる。「朕惟うに」から始まって最後の「御名御璽」までを生徒は、一様に不動の姿勢をとり、頭を垂れたまま意味不明の言葉の羅列を聞いていなければならない。勅語も読み終り、先生から「恐れ多くも天皇陛下に於かせられては」という最初の言葉を耳にした瞬間、他の先生方も生徒も一様にバネ仕掛けの人形になったように「気をつけ」の姿勢をとる。何と滑稽で何と馬鹿げた行動を強いられていたのだろう。可笑しくとも変に思えても天皇に関する中傷誹謗は一切許されず、そこには歴《れっき》とした〝不敬罪〟という重い罪も存在していて、直ちに非国民としてのレッテルを貼られてしまう。

また天皇が行幸（天皇がお出ましの時だけ使われた言葉）される際、沿道の人々は皆、早くから道に座らされ、そして日の丸の小旗を持たされ、目の前を天皇の乗ったお車が通過するまで頭は上げてはならない。直《じか》に拝むと恐れ多くて目が潰れるといわれ、お年寄りはその間、道に正座して「天子様がお通りになる」といって両手を合せその瞬間を待った。だがアッという間に通り過ぎてしまった天皇のお車は、顔を上げた時は遥か彼方に豆粒のようになって見えるだけ。皇族方のお名前を呼んでキャーキャー言いながらお車に向って手を振る今の若者は、当時であったならさしずめ〝不敬罪〟として捕えられ直ちに投獄、厳しい拷問も待っていたに違いない。

間違った指導者によって歯止めの利かなくなった日本は、このようにしてズルズルと近隣諸国まで巻きこみ、着火点となった満州事変から支那事変へと発展、やがてあのいわましい太平洋戦争への幕開けとなっていった。

母のこと

昭和十三年三月。女学校合格発表の日、母と私は上野駅を出て、不忍池を半周する学校への道を急いだ。合格の知らせは既に担任の先生から知らされていたのであまり不安はなかったが、やはりこの目で見るまではと、高なる胸を抑えて母と二人、足早に校門を潜り合格発表の貼り紙がある体育館へと急いだ。

「アッター」合格の貼り紙をみて母はただ「よかったよかった」を繰り返し眼に涙をためていた。

当時の世相は今とは大分違っていて、ジワジワと押し寄せる不況の波と、その中で明るい見通しもなく、子供の教育まではなかなか手が届かず、両親が揃っていてもそう簡単に進学が許される時代ではなかった。まして女子となれば尚更で、そんな中、早くに夫を失い五人の子供を育て上げ、最後の一人となった末っ子の私にも、他の兄弟と同じように何が無くとも教育だけはという母の強い信念と、既に勤めに出ていた二人の姉からも「自分たちもできる限り協力するから女学校だけは行かせてあげて」という強い要望もあって実現した。合格を確かめたとき母はきっと、ああ、やっとここまで漕ぎ着けたんだという安堵感を抱き、それで出た涙だったのかも知れない。

池の面に影を落としてゆれる柳の葉と、そこに浮かぶボートを眺めながら、何とも言えぬ満ち足りた気持ちで、二人は不忍池の端を通り帰途についた。

上野駅から山手線で池袋までの三十分を並んで座る母の口から、「今日は本当によかったよかった」という言葉を、何度聞いた事だろう。当時池袋駅の駅舎は黒い屋根瓦をもつ木造建で、教室一つ分位の広さであった。

中央に出口、入口と表示された二つの改札口があり、またその脇の一角には荷物の重量を計る黒い大きなカンカン秤が置かれ、鉄道を利用して送る荷物の集配所が設けてあった。

構内は電車の到着時間以外は閑散としていて、現在の駅周辺のあの喧騒ぶりを当時誰が想像し得たであろう。もちろん、今のような巨大なビルを持つ西武デパートは存在せず、西武線（当時は武蔵野線といった）の小さな駅までは、線路沿いの道を通って歩いた。

駅前の大通りを隔てて建つ三越の池袋店も、当時は雑草の生い茂る広い草原で、夕方になると近所の子供達が手に手に虫籠と長いもち竿を持って集まり、大きな銀やんまや鬼やんまを追い廻していた。

その日、駅の改札を出た母は私の手を執ると、家とは反対の目白方向に向かって歩き出した。どこに行くのだろうと黙ってついて行くと、大通りの右手にあるヒラヒラと赤い暖簾のかかった一軒の駄餅屋に入ってゆく。屋号は〝だるまや〟といった。左手のウインドウの中には大福餅や串だんご、田舎まんじゅう等が長方形の黒い切り溜めにびっしりと並び置かれていた。そして母は迷いもなく一番奥の席に着くと、すかさずお店の人を呼んで「あんみつと大福餅を一皿下さい」と注文した。

あんみつは私の大好物で母はそれをよく知っていた。やがて私の前には水色をしたガラスの器に盛られたあんみつが置かれ、母の前には白い小さな皿に大福餅が三こ載せられて置かれた。「さあお上がり」と母は言って、自分はその内の一つの大福をとって口に運びながら「今日は本当によかったよかった」と繰り返し言っていた。「わたしは甘い物は嫌いだから皆で食べなさい」と常に言っていて、母が家でおやつ類を口にするのをかつて見た事がなかった。だが、今、目の前にいる母はいかにも美味そうに甘い大福を頬張っているではないか。

ひたすら子供たちだけにと、いつもじっと我慢していた母の本音も読めず、母への思いやりにも欠けていた自分への後悔と、あかぎれが出来て痛々しくなった手を見ている内に、母が何だかひどく哀れに思えて、せっかく私にとってくれたあんみつの寒天も、涙でボーッと霞んでしまった事を覚えている。

二人が食べ終ると母は、自分の残しておいた二つの大福に更に追加注文し、それを経木《きょうぎ》の皮に包んでもらい店を出た。そしてそれは家で留守番をしている姉達への土産となった。

あの日、母が私にしてくれた精いっぱいの合格祝い。あれから半世紀を越える歳月が流れた。

私は毎年桜の季節がやってきて、あちこちで合否の話題が登場する頃になると、決ってまたあの時の母に会えるような気がして、誰にも言わずたった一人で、あんみつを食べにお店の暖簾を潜ることにしている。

その母の三十三回忌も間もなくやってくる。

私の心の中の出来事

あれは昭和十年、小学校四年生の一学期後半であったと思う。

当時は児童数も多く、どこの小学校でも全校生徒数は千人を超えていた。校庭を取り囲むコンクリートの外塀に通用門が四ヶ所あり、同じ方向に帰る仲の良かった友達と二人、いつもの様に決められた東側の校門を潜り外に出た。ランドセルを背に肩を並べて楽しくお喋りをしながら北辺にある校門の前にさしかかると、「先生さようなら」とあちこちで声がして、一年生担任のT先生が一人ずつ校門から送り出しているところであった。

私達もちょうどその前を通り、被っていた帽子を取り「先生さようなら」と言ったつもりが、どうした事か出た言葉は「先生お早うございます」であった。

私の人生を変えてしまうような事の発端は、そんな些細な事から始まった。

その途端、先生の大きな平手がピシャリと音を立て私の額を打った。思わず目から火花が散った。かつて漫画等で眼から火花が出ている場面を見た事を覚えているが、正にアレなのである。後にも先にもあの経験は一回だけであった。

痛いというよりとにかくびっくりした。ショックを受けた後の行動が自分でもわからないくらい、ただただ必死に走って家まで逃げ帰った。

心配をかけたくないという一心で、母や家の者にも絶対話すまいと心に決めていた。けれど、どうしてあんな心にもない言葉が口から出てしまったのだろう。また先生はどうしてあんなに腹を立てて私を思いきり叩いたのだろう。そんな思いが次々と小さな胸につき上げてきた。砂を噛むような思いで執ったあの日の夕餉の味も忘れられない。

外で虐めにあった子供が親には言えず黙っていたという話をよく聞くが、あの心境は分かる気がする。

眠れぬ一夜を過ごし、朝、登校時間が迫ってくると急に胸が高鳴り、酷く圧迫されたような痛さを覚えた。けれど今日学校を休んでしまったら直ちにあのT先生が家まで押しかけて来るのではないかという恐怖もあって、私は意を決し、死ぬ思いで登校した。当然授業も上の空。外の廊下を歩く人影が気になって、いつT先生が自分を捕えに来るかわからないという恐怖ばかり先に立っていた。

当時の学校は雨の日以外、いかなる理由があろうと休み時間は全校生徒は外に出なくてはいけない決まりになっていた。

その頃一家の子供の数は平均して五人。おまけに高等科の二年生まで同じ校舎に居たので、全校生徒の数は、優に千人を超えていた。

今とあまり変らない広さの校庭では休み時間ともなると、至る所ワイワイガヤガヤと、自由に飛び回れる余裕すらなく、ひしめき合っていたように思う。

そしてその日から休み時間の校庭で、一際背が高く目立つT先生が後手をしながら絶えずキョロキョロと辺りを物色して人探しをしている様子は、遠くからでもよくわかった。

誰にも相談できず一人悶々として一週間が過ぎた頃、昼休みの校庭で私は突如大きな手で後肩を掴まれた。そして「ごめんなさい。ごめんなさい」という私の言葉も全く無視したT先生は、私の左手をぎゅっと掴んで強引に引きずった。周囲に居た子供達は突如何が起きたのか解らぬまま、驚いて道をあけ、私と先生を代るがわる見まもった。スカートの下に穿いた黒い木綿の靴下が、ズルズルと校庭のコンクリートに擦ってあちこち破れてくる。

苦しい家計の中から母が買ってくれたおろしたての新しい靴下は、無残にもあちこち千切れ、校庭を引きずり廻される間中、私の頭の中は母の悲しそうな顔ばかり浮かんでは消えた。正に市中引き廻しである。

そして私はそのまま、昇降口から二階への階段を引きずられ、先生は正面にある音楽室の扉を勢よく開けると一番前の席に私を力づくで座らせた。何があったか分からないままその辺に居た子供達はガヤガヤと集まってきて、私と先生を遠巻きにして見ていた。そして先生は、いきなり扉をピシャリと閉めると、外の曇りガラスの隙き間から中を覗く小さな頭が幾つも重なり合って見えた。

T先生は大きな声で「よくもお前は先生を馬鹿にしたな」と一喝した。

そのとき子供心にもあまりの恐怖と屈辱感から逆に涙も出なかった。それが一層T先生を腹立たしく感じさせたのか、なおも大きな声になって「学年も名前も判らないお前を探すのに一週間もかかった」と語気を荒げ一気に喋り立てた。

今から考えるとあれは何かひどく先生の虫の居所が悪かったせいかとも思うが、どう見てもひどい脅しとしか言いようがない。

お前を探すのに一週間もかかったと言われたが、後に私は事ある毎に甦る屈辱感に苛なまされながら、半世紀をかけて先生を探し出した事になる。

当時、しっかりとした教育を受けた教師が、いくら若気の至りとは言え、いくらその時代の背景が悪かったとは言え、到底許される行為とは思えない。僅か十歳ぐらいで受けた心の傷は大きく、七十年近く経た今でもあのとき受けた言い難い屈辱感は消えるものではない。

三十分近く延々とお説教を垂れた先生は、やっと気分が治まったのか、解放されたそのときは既に四時間目の授業が始まっていた。

私は一瞬戸惑った。自分の教室にも帰りたくない。さりとて母の悲しい顔を思い出すと家にも帰れない。仕方なく意を決して、破れた靴下を手で隠しながら恐るおそる教室の扉を開けた。案の定、教室の中の眼は一斉に私に集中した。そして次の瞬間、ざわざわヒソヒソとあちこちで顔を寄せ合い話をする友達の姿が目に入った。そのとき担任の先生とあの日いっしょに帰った友達だけは、そ知らぬ顔をして授業を続けていた事が印象に残っている。

その後、どの友達の顔を見ても、あのときの私の不様《ぶざま》な場面を見ていたのではないかという卑屈な思いが卒業まで続いた。

軍国主義も日を追って厳しさを増していった中、熱血溢れる若い教師の情熱がそうさせたのかも知れない。あらゆる階層で上からの圧力は重く、何かにつけ絶対服従を余儀なくされていた当時の背景も、大きく係っていたようにも思う。

その後二年ほど経ったある日、登校の際見かけた状況も当時の世相を色濃く映し出していたように思う。

当時学校の南側の一角に小さな交番があった。そしてその前で印半纏《しるしばんてん》に地下足袋を穿いたいかにも労働者風のおじさんが、若い巡査に頭をこずかれていた。

何をしたのか原因は解らないが、懸命に謝るおじさんを足蹴にしサーベルでこづいた。

頭から血を流し、よろよろとよろけたおじさんの持っていた風呂敷包みが解け、中から新聞紙に包まれた弁当箱が投げ出され蓋があき、麦飯と梅干一つが転り出た。おじさんは若い巡査に叩かれながら泣きそうな顔になり、泥のついた麦飯を手で拾い、歪んだ弁当箱に入れていた。梅干一つだけの貧しい弁当しか持たせてやれなかったお内儀さんの心情を思うと、子供心にも胸が詰まった。そして私の足許にまで飛んできた箸を拾って私がおじさんに渡そうとすると、「余計な事はするな」と若い巡査の声が飛んできて私は震えた。

その日私は作文の時間に、今日見てきた状況を思い出して自分の感想といっしょに書いて出した。放課後私は担任の先生に呼ばれた。

今日の作文は大変良く書けていて、先生はとても良いと思うけれど、これからはお巡りさんを悪く言うような事は絶対書かないこと、お上を批判する事は良くない事だから注意するようにと、こんこんと言われたのを覚えている。後に私が本屋でプロレタリア文学書の中の一冊であった『蟹工船』を買ってきたことがあった。早速出して読もうとすると、そこに居た姉が血相を変えて、「その本はすぐ返してきなさい。もし〝赤〟だと疑われたらどうするの」。

私は改めて今の日本の進んでいる方向が、子供心にも少しわかったような気がした。上からの圧力はあらゆる面でジワジワと、小さな子供にまで及んでいたのである。

私はすべてに幻滅を感じ、教師になる夢もすべて捨て去った。

その後戦争から敗戦へと、日本は一気に駆け抜けていったのである。

終戦後何年かして、私も人並みの結婚もし、平凡な主婦となった。しばらくして家も建てたが、偶然近くにある小学校の校庭から聞える子供の声を耳にすると、またいつかあの日の厭な記憶が甦るようで耳を塞いだ。

それから何年か経ったある日、戦災に遭い焼け跡に建った当時の小学校から突然、同窓会の知らせが届いたのである。

五人のクラスメートの消息もわかり、五十数年ぶりで当時の友達と再会する事ができた。そして偶然貰った卒業生の名簿の中に、私の人生の転機にも係ったT先生の住所を見出し、釘付けになった。今も健在で千葉の方におられるらしい。

どうしても聞いてみたいあの日、あの時のT先生の心境、それにはまず証人となる仲の良かった友達の住所をと必死に探した。

けれどやっと探し当てた友達は、二年ほど前に既に他界しておられた。

私は逸る心を抑えて、思いきってT先生に手紙を書いた。折返し届いたT先生からの返事には、全く覚えが無いとある。

何という事だ。ひどい話だと思った。

五十数年もの間、事ある毎に思い出されたあの悪夢はいったい何だったのかという思いと、急に体中から力が抜けてゆく感じとが同時であったような気がする。

そんな事があってから一ヶ月近くして、突然T先生が我が家に訪ねてこられた。

五十数年ぶりに見る先生のお顔にはあの当時のような精悍さは無く、すっかり柔和な顔つきになっておられ、ほっとした。

そして開口一番、「全く覚えていないとは言え、本当に申し訳ありませんでした。貴女のお手紙の中では、あの時代の背景が悪かったから仕方なかったと仰言って下さったが、教師であるべき人間にそんな言い訳は許されない。私は教師失格です」と言われ、深々と頭を下げられたのである。

先生にお目にかかれる事があったその時には、どうしてもあの時の先生の心境をつぶさに聞いてみたいと長年思っていた事も、先生から直に聴いたその言葉で胸の閊えが一気にとれたような気がして、やっと自分の中で終止符が打たれた事を実感した。

そして今から総てを忘れ、改めてこの一件に封印をしようと思った。

それでも若し時のあの一件が無かったらまた、別の人生が開けていたかも知れないと思ったり、またもしあの挫折にもめげず初心を貫いていたなら、立派な偉い先生にはなれなくても誰よりも子供の心が分かる先生になれていたのでは、という未練がましい思いが甦ってくる事も事実である。

疎開先からの引き揚げ

人が用を足すということは、生理的な要求でごく当り前。今更驚くことは何もない。だが私が終戦直後、疎開先から引き揚げる際、否応なく経験した時のショックは未だ忘れる事ができない。

餓死寸前という疎開先での最悪な食糧事情もあって、急遽東京に引き揚げの話が決まり、私達家族四人はようやく手に入れた東京行きの切符を手に、十ヶ月の疎開生活にピリオドを打った。終戦から五ヶ月ほど経った一月十三日の事である。

それは一日中北風の吹く、寒い日であった。

近鉄沿線にある駅から大阪梅田までを、押し潰されそうな満員電車に乗って移動した。

当時大阪駅の地下道は、不浪者と戦災孤児が至る所に屯《たむろ》していて、無気味な雰囲気であった。プラットフォームはどこもあふれんばかりの人波。北風の吹く寒いフォームで夕方の四時近く、防寒着も無く、私達はみな寒さに震えていた。トイレに行きたくても、いつ入ってくるかわからない列車を待って、満員のフォームから離れるわけにもいかない。

運転状況も全くわからないまま、その人混みのフォームの片隅に立ちつくしていた。とにかくトイレに行きたい。と、そのとき隣りに立っていた姉がやおら線路をバックにして後向きに立ち、いきなりモンペの後の紐を解き、前屈みになって用を足したのである。

線路を挟んだ前のフォームも鈴鳴りの人、当然眼は皆こちらを向いていたと思う。ただただ呆気にとられた。切羽詰まっていたからとはいえ、大衆の面前でそれをやってのけた姉を見て、天晴れというか、その勇気に拍手を送りたい気持ちと、姉はこんな事もできる人だったんだと、改めて感心した。だがそれは直ぐ、疎開先で学んだ姉の裏ワザであったと理解した。

亡き父の実家でもあった疎開先は、厚い土塀が広い母屋と離れをぐるりと囲み、中央の門を入った内側に、男の人が用を足すような格好の木で出来た便器らしきものが備え付けてある。同じようなものがどこの家にもある。一見何をするものだろうと最初は怪訝に思ったが、そこで用を足している叔母やお嫁さんを偶然見てしまって、納得する。最初は見てはいけないものを見てしまったようでドキドキしたが、やがて、この地方では昔から何の抵抗もなく、そのとき「お早ようさん」と向うから声をかけられたのにはびっくりした。

昼間、女の人が農作業に出て途中用を足すために、その都度、履いていた地下足袋を脱ぎ母屋の奥のトイレまで駆けこむのは容易ではない。ちょっと鍬や鋤を傍に置いて用を足す場があるということは、本当に理に適っているのではないか。姉が十ヶ月の疎開生活の間に身につけ会得した裏ワザであったわけだ。

あの時、切羽詰まってとった打開策であったに違いないが、私にはとても真似ができるものではないと思った。

やがて列車は突然フォームに乗り入れてきた。黒い巨大な物体に見えた。だがそれは客車ではなく、あの引越荷物を運ぶ時に使われるコンテナであった。でも今のようにカラフルな車体ではない。どこもここも真黒でボロボロな、いわゆる有蓋貨車であった。後方から勢いよく押されてどっと貨車の中に雪崩れ込む。中はローソクの灯りさえなく、真の闇。

既に中は、門司から乗ってきたという中国大陸からの引揚者で満員である。私たちには理解できない程の辛酸を嘗め、やっと日本の地を踏む事ができたのであって、長い逃亡生活で、すべてに耐える術を心得ていたのか、私達の様な不満は口にせず、静かに床に腰をおろし、脇に置いた荷物に顔を埋めて眠っている人もいた。

ガタンと一揺れして、列車はゆっくりと動き出した。今、どの辺を、どんな速度で走っているのか、皆目見当がつかない。

窓明りもなく全くの闇の中、狭い車内では体の向きを変える事すらままならない。かなり走ったあと、突然ガタンといって列車は止まった。出口近くにいる男の人が、力いっぱい扉を引いた。外の薄明りがさっと中に入りこむ。中に居る人たちから一斉に「おろして下さい。おろして下さい。」という声が飛んだ。皆必死に我慢していた用を足す為である。私たちも、近くにいる男の人の手を借りて線路に飛び降りた。皆それぞれ線路のあちこちで用を足している。下に降りてみて驚いた。線路から貨車を見たのは生まれて初めてであった。とにかく大きい。何しろ高いのである。自分の眼線の位置に扉のレールがあるのだ。

急いでまた貨車の中に引き上げてもらう。

用を足してやっと楽になれた人々は、ガタンと揺れて動き出した車内の闇の中から、少しずつボソボソと話し声が聴えるようになった。

東京に着くまでの間、四、五回停まったが、それはすべてトイレ休憩であった。

暗い長い一夜が明け、私たちは翌朝九時にやっと品川駅に着いた。フォームに降り立って初めて眼に入った東京は、延々と拡がる焼土と化した京浜工業地帯であった。

ああ、やっと東京に帰れた。ここは本当に東京なんだ。そんな想いがいっぺんにつき上げてきて、昨日までいた疎開先での生活が、何だか嘘のように頭の片隅に追いやられた。

本当の生活はこれからなんだ。これからは何でも出来るんだゾ。

そんな思いが私の頭の中を大きく駆け巡っていった。

ちなみに後になって、あのときの話を姉に聞いてみた。あっけらかんとして、全く覚えてないと言う。やっぱりあれは、姉の性格のなせるワザであったのかも知れない。

戦時下の銭湯事情

舞台となった当時の銭湯（蟹の湯）は、現在の池袋駅とサンシャインビルとの中間あたりにあった。終戦を一年後に控えた、昭和十九年のある夏の日のことである。

「あっ！　今日はやっている」。遠くの銭湯の煙突から上がる微かな煙を見つける。モクモクと勢いよく空に向って立ち昇る煙ではない。じっと眼を凝らして見なければ、はっきり見えない位の煙だ。僅かな燃料で沸かすお湯の量は知れたもの。でも、とにかく、今日は久しぶりにお風呂に入れるんだ。

情報は瞬時にして、隣組全戸に行き渡る。

何をおいてもまず着替えの準備を始める。とは言っても、小ぎれいな物に着替えるのではない。盗られてもいいように、あちこち綻びを繕った汚いモンペの上下、中の下着も然り。履物も同様、チビて煎餅のようになった下駄は、手縫いの鼻緒を何回もすげ変えた代物。うす汚れた日本手拭に石鹸といえば、これまたやっと配給で手に入ったもの。魚の油から作られた石鹸は色はどす黒く、異様な臭いがする。それでもあれば上等で、化粧石鹸と洗濯石鹸の区別すらない。バスタオルは必ず盗難の対象になるからもたない。

風呂行きの道具一式と、使い古した木の洗い桶（金属製のものはすべて国に供出させられているのでどこの家庭にもない）とを、木綿の大きな風呂敷に包む。

夕方から開く銭湯の周りは、昼間からもう、いっぱいの人だかり。微かに上がる煙を見つけて、遠くからやってくるお客も多い。

当時は家にお風呂があっても、肝心の燃料が全く手に入らず、日本中の炭鉱では不眠不休で石炭を採炭していても、それは悉く《ことごと》軍関係に廻される。都会で一般家庭が燃料を入手するのは至難の業であった。

その頃、東京の立て込んだ繁華街では、焼夷弾投下時の延焼を防ぐため、何軒かおきに家の間引きが行われていた。運悪くその対象になった家は、どこかに仮住居を求めて引越さなくてはならなかった。

対象物となる家が決まると、町内の消防団や隣組の協力で三日位かけて、一軒の取壊しが始まる。

クレーン車やブルドーザーも無い時代だ。

柱の要所、要所を鋸で引き、最後に大黒柱に太い縄を掛け「ヨイショヨイショ」と皆で掛け声をかけ引張り倒すのである。当時はみな木造の古い建物であったから、それができたのかも知れない。

それにしても、碌に食糧も無い時代、よくあれだけの力が出し得たものだ。

グラグラと地響きがして砂塵と砂煙の立ちこめる中、ガラガラと崩れ落ちる屋根瓦をかき分け、お風呂屋さんの三助さんが大八車いっぱいの柱やはめ板を積めこみ、釜元まで運び、それがお湯を沸かす燃料となるわけだ。

それにしても家を壊さなければ湯も沸かせないとは、何と情けない話ではないか。

下町方面一帯を襲ったあの大空襲では、一夜にして多数の家屋を消失、足りなくなった住いの穴埋めに山手方面の焼け残った住宅は、必然的に三世帯、四世帯との同居を強いられた。足りない住宅と、また一方壊さなくてはならない家屋があるという、その辺の矛盾はどう考えたらいいのだろう。

銭湯の前は防空頭巾と風呂の道具を抱えた人で黒山である。いつ空襲があるかわからない中での入浴、人々は皆殺気立っている。

脱いだ下駄はすぐさま手に持って、急いで持ってきた風呂敷の中に入れる。既に脱衣場はいっぱいで足の踏み場もない。とにかく凄い人だ。押し合い、へし合いやっと番台でお金を払い、脱衣場に入れたものの、それからがまた大変だ。ちょっと手を伸ばしただけで前後、左右の人とぶつかってしまう。ようやく脱ぎ終った衣類は、素早く履いていた下駄といっしょに風呂敷に包む。奪い取るようにして手に入れた脱衣籠に風呂敷ごと入れ、厳重に籠の編み目に紐を通し、幾重にも廻して簡単に解けないようにする。自分の籠がどの辺に下積みされたかをよく確かめておく。電気の灯かない脱衣場と洗い場は、ローソクの光だけで薄暗い。空襲がある事も頭に入れて、石鹸と手拭いは手許から離せない。

よく芋を洗うようだというが、そんな生易しい表現は当てはまらない。洗い場は座る余裕すらまったく無い。上り湯のカランは、どんなに力を入れて押しても、二、三滴たらたらとしたらすぐ止まってしまう。

湯舟の中は超満員。異様な光景だ。みな両手を挙げ右手には手拭、左手には石鹸箱。手離したらすぐなくなってしまう。

洗い桶は目の届く場所に置き、脱衣場の衣類の入った籠からも目が離せない。

湯舟の湯は、大人が立って膝くらいまで。

どうやっても温まれる状態ではない。立錐の余地無しというが、裸の他人同志が一つの塊となった湯舟から、片足を抜くのにどれだけ時間を要することか。中の一人がやっとの思いで湯舟から出ると、湯舟の外で待っていた人がすぐその後の空間にうまく入りこむという、何とも信じ難い当時の銭湯風景であった。上り湯も出ず、湯舟の湯はまるでドロ水のよう。汚いのはわかっていても、次に銭湯が開く日が全く予測出来ない為、これも仕方なかったのかも知れない。

空襲に脅えながらの入浴、当時小さい子どもをもったおかあさん達は、いったいどうしていたのだろう。自分の事だけで精いっぱいでとても他人を考える余裕もなく、どうしても思い出せない。

脱衣籠の中の衣類をそっくり盗られ、前を押さえて裸で帰って行ったという男の人の話も聞いた事がある。

戦時中であるが為に味わった、思い出したくもないさまざまな悲劇と悪夢。

本当に戦争は嫌だ。

客から見た三越デパートの変遷

昭和初期。当時三越のデパートガールといえば、今のスチュワーデス（キャビン・アテンダント）並みの人気があり、そう簡単になれる職業ではなかった。採用されるのは女学校出のトップクラスで、美と才が備わった者というイメージが強かったように思う。

日本橋三越本店。二頭のライオンが鎮座まします表玄関前に停まる赤いモダンな専用バスは、東京駅八重洲口から出ていて、定期的に客の送迎に当っていた。店内には赤い絨毯が敷かれ、正面玄関を入った左手には年輩の店員さんが居て、子供達には小さな靴カバーを、男性客には皮靴の上から履く厚手の綿カバーを渡され、当時圧倒的に多かった和服の女性客には下駄と引き替えに下足札と藁草履を渡され、帰りにはまた履き替えて帰る仕組になっていた。今とは違い整備されていない道路からの泥の進入と、絨毯を傷つけない為の策だったのかも知れないが、何と悠長な時代だったのだろう。雨の日は和服の人が持つ蛇の目傘や蝙蝠傘《こうもりがさ》、脱いだコート類も預かってくれた。

冬場は上衣を脱ぎたくなるほど店内の暖房は効いていたが、夏は今のような冷房の設備は無く、高い天井には大きな羽根のついた扇風機が音も無く回っていて、売り場の随所に子供の背丈ほどある氷柱がしつらえてあり、時折みなハンカチをしめらせて額に当てたりして涼をとっていたのを思い出す。

そして各階段の近くには休憩所が用意され、そこで喫煙をしたり、富士の絵柄のついた部厚い土瓶と湯飲み茶碗が用意されていて、夏は麦茶、冬は温い番茶のサービスが受けられるようになっていた。

正面玄関を入ったところの大ホールは今と変りないが、階段脇にあるパイプオルガンはいつも優雅な曲を奏でていた。

呉服屋が前身であった三越は、流石に呉服の部はどこのデパートよりも一段と充実していたし、売場には角帯を〆め白足袋を履いた番頭さんや、あらゆる面に精通した年輩の女店員さんも各部署に配置され、和服の上には冬は紺色のサージ、夏場は空色の麻の上っ張りを着て、テキパキといつもお客の応接に追われていた。また地下には、買った荷物を帰りまで預ってくれる場所も用意されていた。

だが子供にとっては何と言っても、買物を済ませてから最上階にある食堂に連れて行ってもらえるのが楽しみであった。

目を見張るような大きなショーウィンドーに並ぶ数々の美味しそうなサンプルを見てワクワクした記憶は、つい昨日の事のように思い出される。

他の売り場に比べ、年齢層の低いウェイトレスの制服も、衿許と袖口に白をあしらった紺色のワンピースがいかにも清楚で愛らしく、またそのお姉さんが用意してくれる子供の椅子と、さっと後ろに廻って首に掛けてくれる兎を型どった紙のエプロンが何よりうれしく、お姉さんのヒラヒラのフリルのついた白いエプロンの印象も忘れられない。

大きなテーブルには十人ほどが同席でき、その真中には休憩所にあるのと同じ土瓶と湯飲茶碗がお盆の上に用意されていて、各自で自由に使えるようになっていた。

大人はみなゆったりと優雅に食事を楽しんでいたような気がする。そんな中で、今考えてみても可笑しく笑い出してしまいたくなるような習慣があった。当時デパートの食堂などで食事をするとき、女の人はみな決まったように上品な口許になって、最後のひと口かふた口を残しておく。未練がましい顔もみせないし、それが格好よく、オシャレと思われていたのかも知れないが、唯一私の不満は母や姉が周囲の状況も把握せず、いつも残さず最後まで平らげてしまう事であった。

食事のあとのデザートを決めるときのあのワクワクした至福の時も、忘れられない。

昔は毎年暮が近づくと早くから準備をし、お正月から身につけるものいっさいを新調する習慣があった。家族全員の衣類をすべて調達するのは、さぞ大変だっただろうと思う。

母はよく、三越の下着の縫製はしっかりしていて、その中でも三越足袋という銘柄はサイズもたっぷりめでいい、と絶大な信頼をおいていた。

母は、姉たちを連れ、抱えきれないほどの荷物を持って電車を使って家まで帰ってきたのだから、今ではちょっと信じられない。

それでも㊂越の大きなマークの入った包装紙の包みをもっている事が、チョッピリ誇らしげであった。当時の三越は他のデパートの最上位に君臨する、別格な存在であったから。

その三越も、あの太平洋戦争では幸い建物だけは戦禍を免れたものの、他の企業もそうであったように全く悲惨な状況であった。至る所、ドアや窓ガラスは破れ、それを汚い板で上から覆い、一階のホールは毀れかかった衝立であちこち仕切られ、その小さな一画だけようやく集められた僅かな商品が、疎《まば》らに置かれてある程度であった。トイレは汚れ放題で、水は流れず、一階ホールはもちろん各階は悉く、戦火に遭って消失した都内の会社の寄り合い世帯となり、見るも無残な有様だった。

あれからどの位経ったであろうか。徐々に他の企業と同様、立ち直りを見せてきたが、その後思わぬ方向からの岡田社長のスキャンダラスな事件に発展し、不動のものとしていた過去の三越のイメージは一挙に崩壊するハメになった。その後徐々に汚名返上に努め、ようやく現在の三越の位地に辿りつけたように思う。

時代の変遷は速く、今は当時を記憶する者もそう多くはあるまい。

こうしてみると、どの企業も長い歴史の中で、人生のそれとあまり変わらないものをもっているような気がする。

戦争末期

昭和二十年冬。敗戦を半年後に控え、戦争も日に日に激しさを増していった頃、私は学校卒業と同時に入社した東京丸の内、大手町にあるある会社に勤務していた。

そんな中、若手の同僚社員は次々と戦争に駆り立てられてゆく。昨日までいっしょに机を並べてきた同僚が、ある日突然、丸坊主になり国民服にゲートル姿で現われる。「俺の処にも遂にきちゃったよ」と、ボソッと軍隊からの召集令状がきた事を告げると、力なく席に着き、フッと大きなため息をついた。内心、気の毒にと思いながら、心にもない「おめでとう」を言って、何がめでたいのだ、生命の保証も全く無い戦場に駆り出されて行くというのに、といった憤懣やる方ない思いが胸をつく。

女々しい所を見せまいと、みな外見は平静さを装っているようにみえるが、内心はいかばかりだったか。令状がきて入隊する日までは長くて四、五日、早ければ二日間くらいの猶予しか無い時もある。その間に家族とは二度と会えない事を想定しての身辺整理と、会社での仕事の引き継ぎもしなくてはならない。

一方女子社員は、出征する人の家族に代わって街頭に立ち、駅周辺から繁華街へと道行く女性に千人針の一針、一針をお願いして回るのである。虎の絵を描いた晒木綿に赤い木綿糸で結び目を作ってもらうのである。

虎は千里行って千里帰るという言い伝えがあり、みな出征兵士はお腹に弾が当らないよう千人針を腹巻きにして戦場におもむいた。

何しろ千人の人に頼まなくてはならない。出征前日までに完成させなくてはならないという事もあって、深夜に及ぶ事も再三あったように思う。

若手の社員は次々に召集されてゆき、あちこちに主の居ない机が目立つようになり、その分残された社員でその補充に当らねばならなかった。

戦局も終盤を迎える頃になると、まさかと思われていた年配の役付きのところまで召集がかかるようになっていった。

そしていよいよ追いつめられた戦局の中、先に出征していった男性社員の戦死の公報も次々と入り、皆暗い気持ちに打ちのめされていった。

毎日ラジオから入る大本営発表の陸海軍の勝利の戦果も空々しい。

そんな中、突如鳴るけたたましい空襲警報のサイレン。咄嗟に防空壕に避難する。暗い壕の中で震えながら、これで一体明日はあるのかという不安がよぎる。今、家は無事だろうか。母はどうしているのだろうか。

ようやく警報も解除になり、退社時間が来ると、皆慌てて家路を急ぐのである。日比谷、大手町、神田橋方面へと向かう市電はいつも超満員。デッキにしがみついた乗客も正に振り落されんばかりだ。

途中空襲に遭わない事を念じつつ、満員電車に揺られて一時間あまり。

ようやく家の曲り角まできてほっとする。ああ今日も我が家は無事であったと。

そんな中、戦局は日毎激化し、敵性用語禁止令も出て、世は正に飢えに苦しみ自由を奪われた、地獄のような日々となっていった。

禁止されればなおのこと反発したくなる年頃。ノートも無い。鉛筆も手に入らない時代。

会社で反古になった紙の裏を使い、小さく切って何枚も重ね、目打ちで穴を開け、可愛いリボンを通して出来上がった一冊の小さなノートには、灯火管制下の机上で書き込んだ情感あふれる詩で綴られた外国民謡の数々がビッシリと詰まっている。そしてそれは常に持ち歩く防空頭巾といっしょに、肩から掛けたバッグの底に大事にしまいこまれていた。

その日も定期便のように来襲した敵機を避け、入社以来ずっと席を並べてきた仲の良い彼女と二人、あわてて壕に駆けこんだ。そして空襲の恐怖から逃れようと、二人肩を寄せ合い、秘かに持ちこんだノートを拡げ、中に書きこまれた美しい詩を暗がりの中で一心に目で追い口ずさみながら、敵機の去るのを待った。

そのとき彼女は突如私に、「いつになったらこんな綺麗な歌を青空の下で歌えるようになるのかしら。そんな日が本当に来るのかしら」と言って、拡げたノートの上にポタポタと落した大粒の涙を拭おうともしなかった。

翌三月十日未明。

下町一帯を襲ったあの大空襲は、一夜にして全域を紅蓮の炎で包み、焼土と化してしまった。そしてその日を境にして、彼女は再び私の前に姿を見せることはなかった。その一ヶ月後、私達も罹災し無一物になった。あれからいつの間にか半世紀を越える歳月が流れた。戦争ですべてを失ったなか、唯一青春の形見となったあの日のノートを手に、三月十日が近づいてくる度に甦るかけがいの無い思い出の中の彼女と会う。

雨の日のお迎え

昭和二十年代後半。現在《いま》当然のように使われている電話や車も、当時の庶民には正に高嶺の花といった感じで、日常の生活にはかなり程遠いものであった。

急に雨が降り出した場合でも、何ら連絡方法もなく、当時はそれぞれ家族の帰宅時間を見計らって子供の学校や、勤めに出ている者を、最寄りの駅まで雨具を抱え出迎えに行くのであるが、それが一般常識であった。

舗装されているのは、どこもみな表に面した幹線道路と相場が決まっていた。

一歩裏へ入るとそこはみな、凸凹の砂利道で、一旦雨や雪が降ると、泥濘も酷く、到底靴や下駄履きでは歩けない状態となる。

怪しい天気のとき持って出る携帯用の折りたたみ傘すら当時は無く、したがって急に雨が降り出すと家の者はあわてて、傘や長靴、レインコート等の雨具を持っての出迎えとなった。

夕方の駅前は家族を出迎える人でごった返した。今のようなカラフルな傘は少なく、とにかく真黒な傘の列で埋まっていた。

大きな蝙蝠傘を大事そうに抱えお父さんの帰りを待つ子供達や、夕飯の仕度の合間に駆けつける割烹着をつけたままのお母さん達の姿もあちこちに見られて、雨の日の駅前は何となくほんわかとした雰囲気の中にあった。

大勢の人の肩越しにお互い眼を凝らして、人混みの中、改札口を出てくる家族を見つけてホッとし、揃って家路を急ぐのである。

そんな中に、今では味わえない家族との間の小さなコミュニケーションも生まれていたような気がする。

一方駅で帰りを待たされる側にも、小さな楽しみがあった。長時間待たされていると、つい周囲に居る人の顔も何となく覚えて、あの人はいったい誰を待っているのだろう。どんな家族構成なんだろうと、あれこれ想像を巡らしているのも楽しいものだ。

電車が着き、改札口から人が流れてくる度に、一心に目を凝らし、その人波が途絶えるとがっかりし、次に来る電車に期待をかけて待つのである。

乗降客の数も、今とは比べものにならない位少なかったようだ。

電車がフォームに入ってくると、やや、間を置いて改札口から人が出はじめる。

構内はその一ヶ所だけ芝居の花道のようになって開けられ、両側を埋めた出迎えの家族がその人波の間から目を凝らし、お互いの家族を探し出すのである。

連絡の取りようもなく、二、三時間延々と待たされるという事もザラであった。

散々待たされた揚句、家の者が逆に迎えに来て、お互い見失って会えず、ずぶ濡れになって帰ってきたと聞かされ、がっかりするという一幕もあった。

昔はどこの家庭でも家族数が多く、雨上がりの翌日には前日使った家族全員の雨傘や履物の長靴、足駄等が庭先に所狭しと干されていた。そんな光景も、思い出すと懐かしい。

携帯電話も普及し、駅前には常時客待ちのタクシーが待機し、庶民でもそれぞれの車を持てるいまの時代では、想像も出来ない当時の駅前で見る風景の一つであった。

電話

電話回線の施工が少しずつ進んで一般家庭にも電話が普及し始めたのも、昭和三十年代前半からであった。

商店や上流階層だけにあった電話も、一般庶民の家には程遠く、よくあれで日常生活が送れたものだと感心する。

その頃いわゆる〝呼び出し電話〟なる方法があり、それを利用していた家も多く、そんな時代もそれからしばらく続いたようだ。

それは、ちょっと親しくしている御近所のお宅に電話があるとお断りし、そこのお宅の電話番号を聞いて、身近な相手方に知らせておくのである。

よんどころない急用で相手からかかる電話を聞いて、お願いしてあったお宅の人が急いで呼びにきてくれるのである。

我が家にも、その取り次ぎをお願いしてあったお花の先生宅が、三軒ばかり先にあった。

知らせを受けると急いで出かけ、電話のある茶の間まで上がりこんで受話器を取る。運悪く、相手のお宅の食事中の時もあり、「すみません」を繰り返し用件だけを聞いて、恐縮して引き下がるのである。

子供の学校の名簿にも、呼び出しを表示する㋺のマークが住所録の上に記してあったが、年が経つにしたがって、その数も逐次減っていった。

その頃、東京都内に電話するのも不便極まりないものであった。一般の公衆電話では東京にはかからない。郵便局まで出向くには家から一キロ以上歩かねばならない。普段呼び出しをお願いしているお宅にも少々気兼ねがあり、私はよく駅前にある取りつけの酒屋さんまで足を運び、用を足していた。

「東京まで電話をかけたいのですが」とお店の人に申し出て、まず電話局の交換台を呼び出すのである。受話器を置いてしばらく待つとリーンと音がして、そこで相手方の電話番号を伝え、再び受話器を置く。

待つことしばし、再度交換台からの呼び出しのベルで、そこで初めて相手方と繋がるのである。

話が終り、受話器を置くと再び交換台からの呼び出しのベルで、「只今の通話数は○通でした」と言われるが、最後にかかったベルを聞くと、お店の人はどんなに忙しくしていても慌てて受話器を取って、その時の通話数を聞く。お客に聞かせると通話数を誤魔化すとでも思ってか？　いつも、お店の人が直接交換台から聞いた通話数によって料金を払う仕組みになっていた。

海外に居ても携帯の電話一本で通話が出来る今の時代を見ていると、何とまあ、気が遠くなるような日常を送っていたものだと改めて感心する。

当時、東京に住む母の所にも電話は無く、緊急の際の連絡もままならない。呼び出しを使うのも気兼ねがあったので、私は常に、留守中不意に母が訪ねてきても分かるように、長時間の外出時には、表からでも見えるように軒下の目印の赤い布を吊して出かけたものである。

その後電話の普及に加え、最近はファックスやインターネットの出現で全く用を足さなくなった電報も、当時は緊急時、最も短い言葉の伝達で充分用が足せるという事で、あらゆる面で活用されていたものだ。

電話局に申し込んでからようやく半年近くかかって回線が繋がり、初めて我が家に電話がお目見えしたときは正に欣喜雀躍、うれしくて所かまわず一日中かけまくった事を覚えている。

それにしても、時間帯や場所柄も弁えず、四六時中、携帯電話と一体となって、共に生きる今の若者を見ていると正に〝隔世の感ここにあり〟という思いを一層強くする。

II　昭和の思い出

ただ今青春真っ只中

こちら、当年取って六十六歳。血液型はB型。人並みの結婚もし、現在は二人の孫もいるけれど、ひと度興味ある事柄に出逢うと、総てを忘れ猪突猛進。年甲斐もない自分に気がつき、ハッとして時には反省もするけれど、これも皆、血液型のなせる業としてすぐ納得してしまう。周囲の者をじっくりと観察する余裕もないのと、お嫁さんの気立ての良さもあってか、彼女とのトラブルもこの十七年間未だかつて無し。ありがたい事だ。

ふり返ってみると、そんな事からいっても自分なりに割に楽な人生を送ってこられたような気がする。そうしたある日、ふとしたきっかけからかつて生れ育った東京の下町を具《つぶさ》に見て歩く機会を得た。思いもかけないその時の感慨がいつの間にか、限りない郷愁となり昔の町の佇いと共に甦ってきた。

驚くほど速いテンポで次々と移り変わってゆく過去と現在。

今ここで私達世代の生きてきた「証」を何らかの形で残しておかなければ、というあせりもあって一念発起。

私の昭和初期、下町の商家作りの第一歩は、こんな風にして始まった。

最初はすべて手探り。失いかけた古い記憶を呼び起こしながらの葛藤。材料として選んだのは紙粘土、段ボール、和紙、角材、古布等。試行錯誤を重ねた末、紙粘土を使って屋根瓦を作り出す技法も自分なりに会得する。

駄菓子屋、そば屋、材木屋に瀬戸物屋、八百屋に魚屋、米屋に乾物屋とその数併せて三十数軒、脱衣場、洗い場と当時の世相を色濃く、リアルに表現した天井の高い銭湯も制作。作る度により克明にと、次第に欲が出てくる。商家の次には夏、冬をイメージして作った三軒長屋も登場。夢は一挙に膨らんで、アセチレンガスの臭い漂うような夜店も勢揃いする。

家族に迷惑をかけない事を信条としているので、作品の製作はすべて家事を済ませてからということになる。商家一軒の完成にはどうしても二ヶ月近くかかってしまう。一室に籠って作業を始めると、ついついのめり込んでしまい、「心頭滅却すれば火もまた涼し」の例え通り、凍てつくような厳冬の寒さも、真夏の酷暑も全く感じる事なく、しらじらと夜が明ける頃になって、はじめて気がつくという事も屢々《しばしば》である。

すっかりファンになってしまったと毎回個展を開く度に必ず顔を出して下さる方、涙が出るほど懐かしいと開催期間中、一日も欠かさずお見え頂く年輩の方もあり、五年前には長年の念願でもあったエッセーを添えた作品の写真集も新聞社から出版し、見ず知らずの多くの方々からたくさんの注文も頂き、社会科の教材にも最適と使って下さっている先生方もあり、うれしい限りである。またNHKテレビでも三回ほど作品の紹介を受けた事がある。

また、無関心さを装って、自由に製作を続けさせてくれる家族の協力にも感謝したい。

また一方、私がいま最も興味をもっているものに料理と陶芸がある。知り合いの陶芸家の作る器はどれも私の好みにピッタリで、大事にしたいので家の者にもあまり触らせない。

夢は今、次々と際限なく膨らんで気分はルンルン。ただ今青春の真っ只中。やりたい事は山のよう。仮りに明日にでも死神からのお誘いがあったなら、無けなしの〝臍繰り〟を叩いて渡し、今しばらくの猶予を願うつもりでいる。

懐かしい音、昔の音

ガチャガチャと牛乳瓶のふれ合う音を残して、大きな箱の車を引く牛乳屋さんが、白い朝靄の中に消えて行きます。

続いて新聞配達少年の、露地を駆け抜けてゆく足音。納豆屋さんの、よく通る売り声も遠くから聞え、古い東京の町の朝は、そんな音のなかから始まりました。

やがて、あちこちの家の雨戸もガラガラと開かれ、ラジオ体操の号令が戸外に流れてきて、一日の始まりをより確かなものとして感じます。

開け放たれた座敷の戸障子も、きれいに叩きがかけられ、そのあとは座敷箒を使って丹念に掃かれます。カチャカチャと、丸い取手のふれ合う音を聞きながら、毎朝きまって蚊帳《かや》を畳む作業がありましたが、それもけっこう楽しいものでした。

マンションの表ドアにつけられた防犯用のチェーンなど、当時は想像もつきません。開閉する度に、チリンチリンと心地よい音色がきかれるベルは、格子戸の裏側に遠慮がちに取り付けられていました。

サーッサーッと、露地を掃く竹箒の音。

ピシャッピシャッと、地面を叩きつけるような打ち水の音。バケツと柄杓《ひしゃく》のふれ合う音。みんな清々しい朝を告げる音でした。竈《かまど》にくべた薪のパチパチとはじける音。裏で聞える薪割の音。井戸水を汲み出すポンプの音。プップッと、ごはんを炊く鉄釜の重い木蓋から吹きこぼれる音。鰹節を削る鉋《かんな》の音。七輪にかけた鉄瓶のチンチンと煮え滾《たぎ》る音。朝食の準備の出来上がるのを待って、バタバタと卓袱《ちゃぶ》台の脚を立て食卓の用意をするのは、子供たちの仕事でした。どれもみな勝手許から聞えてくる音は、あたたかく心が和むものばかりでした。

正午の時刻を知らせる工場のサイレンも、町のあちこちで聞く事ができ、いつどこにいてもお昼の到来を知ることができました。

夏の日永のけだるさを呼ぶような金魚売りの声。また静かな足取りでゆっくりと売り歩く風鈴屋さんの、あの涼しげな音色には、日中のどんな暑さもいっぺんに吹き飛んでしまいます。大きな籠を背にして、露地のあちこちを廻ってくる屑屋さん。目方が正直でいつも高く買ってくれるからと、近所にたくさんの御贔屓をもっていたおじいさん。「屑屋お払い！」という呼び声は、人の良いおじいさんの笑顔と共に、なつかしい思いで、今もはっきりと耳に残っています。

ポンポンと古い鼓を叩いて廻ってくるのは、下駄の歯入れ屋さん。「いかけやーいかけ」間延びした呼び声で鍋や釜を直しにくる、鋳掛屋《いかけや》さん。永年使いこんだ穴のあいた鍋や釜も、そのまますぐ捨てることはなく、当時は何度も修理をしては使ったものです。

ピーッピーッと、甲高い音を流しながら、車を引いて通るのは煙管《キセル》直しの羅宇屋《らうや》さん。カタカタときれいなリズムをとって歩く定斎屋《じょうざいや》さんの、取手のゆれ動く音も情緒があっていいものでした。

子供相手の屋台を曳いてくるおでん屋さんやどんどん焼き屋さん。舵棒の前に吊した鐘の、チリンチリンという可愛い音も、忘れることができません。木陰に陣取った紙芝居屋さんの拍子木の音は、子供たちにとってかけがえの無いもの。何をおいても駆けつけたものです。夕方にはギーギーと天秤棒をきしませながら、豆腐屋さんの吹くラッパの音も、町のあちこちからしてきます。

シャキシャキと大きな氷を鋸で引く氷屋さんの音も、またとない涼を呼びます。庭の片隅で、子供たちに使わせる行水の音、シュッシュッという水鉄砲の音。どれもこれもみな、よき時代の夏の風物詩でした。

また冬の夜更けに耳にするあんまさんの、淋しげな笛の音。犬の遠吠えと共に聞えてくる夜廻りの拍子木の音も、澄んだ夜の町にすいこまれていくようです。屋台を曳くゴトゴトという鈍い音と、哀愁を呼ぶチャルメラの音。どれも凍てつく東京の夜更けを思い出させる音ばかりです。

整備されていない自然のままの道路、木造に瓦葺きの民家。それにどこにでもあった板塀。そんな周囲の状況が、適当に余分な音を吸収して、心地良い音色だけを提供していてくれたのかも知れません。

あれから半世紀。生活様式も一変して、金属的な音ばかりに取り囲まれて暮す現在、失った音に対する郷愁なのでしょうか。戦前のあの佳き時代の東京のたたずまいと共に、今では永遠に忘れ去ることができないなつかしい音となっています。

東京都社会福祉センター昭和六十二年第四回語りつぐふるさと「東京に生きる」より

有楽町界隈の今昔

有楽町駅の高架線を挟んで、南は皇居お堀端、北側はあの「君の名は」で一躍有名になった数寄屋橋、そしてその手前には円塔形の大きなホールをもつ日劇（日本劇場）があった。興業も出来なくなった戦時中は、広い劇場内では風船爆弾を造っていたという専らの噂であった。その劇場も今は無い。

数寄屋橋を渡り、銀座四丁目を経て築地方面に到る大通りと、日本橋方面から新橋方面に向かう銀座通りが交差する四丁目角。

服部時計店―アメリカＰＸ―和光と時代の変遷を具に見てきた時計台も、その下は当時から若者達の待合わせ場所であった。

土曜、日曜ともなると、昼下がり、垢抜けて粋でオシャレな若者達の行き交う洗練された街ともなった。そして風に戦ぐ柳の並木は、銀座のイメージから外すことはできない。

当時、丸の内界隈にある大手商社や銀行等は、土曜日は半ドンと決まっていた。

お昼の退社時刻を待って、友達同志連れ立って会社を後にする。水の面《おも》を優雅に泳ぐ白鳥の姿を眺めながら、皇居のお堀端を右に見て左、帝劇の前を通り、日比谷の交差点を左に折れ、有楽町ガード下を通り銀座方面へと向かうそのコースの外、私達は帝劇の裏側にある通りをよく好んで歩いたものだ。

そこには当時三菱財閥の所有する全館赤煉瓦造りの二、三階建ての古風な建物がずらりと道路の両側を占め、その家並みは東京商工会議所あたりまで続いていた。各階にある窓には皆お揃いの、グレーと白の幅広で縞柄模様の日除けが掛けられ、それが新緑のプラタナスの並木に映えて、まるで外国映画で観るような何ともいえぬエキゾチックな風情が感じられ、よく好んで歩いたものである。ごく狭い入口の脇には、銅板で出来た各社名入りの看板が並び、表通りから半分覗ける地下室の窓からは、書類印刷に使われる輪転機の音が、心地良いリズムを刻んで表通りまで流れてきていた。

また社内食堂の厨房となっている場所からは、お腹の空く様ないい香りが漂ってきたものだ。呼び名も三菱一号館から始まり、西の方向に向け二十八号館まであったように記憶する。

当時の東京商工会議所の重厚で芸術的な創りの建物も、その辺りの雰囲気にマッチして優雅な佇いを見せていた。時代の流れとはいえ、あの地域一帯の保存を呼びかけてそれを惜しむ多くの人々の反対があったにも拘らず、遂に取り壊される羽目になり、後に巨大なビルへと変身してしまった事は、残念でならない。

東京駅近くにあった歴史ある工業倶楽部や銀行集会所の建物も然り、淋しい限りである。そして旧丸ビルも遂に姿を消してしまった。友達とよく昼休みにお茶を飲みに入ったあちこちの喫茶店も、思い出すと懐かしい。

戦時中は皇居防衛の為、屋上には高射砲が据えられ、高い所から皇居を見下ろす事は絶対に許されない時代であったので、年中足を運んでいながら遂に一度も屋上に上がる事なく終ってしまった。

その頃銀座の映画館では、結構質の高い洋画があちこちで上映されていた。

土曜日の午後はのんびりとレストランで食事、そのあとは銀座通りへ出てゆっくりとウインドーショッピングを楽しみ、お目当ての映画館で洋画観賞、最後はフルーツパーラーでお茶をのみ、お喋りを楽しんで帰る。そんなパターンが多かったように思う。

そんな銀座界隈も、戦中から戦後にかけ、ガラリと一変する。

有楽町駅周辺も昼間あちこちに大型爆弾が投下され、多くの死傷者も出て、さして遠くない場所に起きた悲惨な状況の一部始終が即刻耳に入り、恐怖で震えが止まらなかった事を覚えている。

戦後は多くの空襲で親を失い、図らずも戦災孤児となった子供達の屯する塒《ねぐら》となった有楽町ガード下は、垢にまみれただぶだぶの上衣に破れたズボン、寒い夜空に履物も無く、裸足で走り廻っていた子供達。同じ仲間といっしょに懸命に生きてゆこうとする逞しさがどの孤児にもみられ、その中でも年上の子は進駐軍兵士の靴磨きをしたりして幾何《いくばく》かのお金を稼ぐ事も覚えていった。まだ小学生にも満たない様な小さな子供が煙草の味を覚え、咥え煙草であちこちのゴミ捨て場を漁っていた異様な光景にも、当時は周囲皆が麻痺してしまっていたのか、それほどの驚きもなかった事を考えると恐ろしい。

後に浮浪児狩りといって、幌つきのトラックが浮浪児のいる個所を廻り、強制的に収容し、夫々の施設に入れて更正させようとするが、窮屈な生活に馴染めず、すぐ仲間のいるガード下に逃げ帰ってきてしまう。

小さいながら、自分の生きてゆく術を自然に身につけて世の中を生き抜いてゆこうとする意志の強さは、驚くほか無い。当時の戦争によっていったいどの位の孤児が生まれたのか、現在は六十を越す様な初老の方々になっていられると思うが、その後どんな環境の中を生き抜いてこられたのか、それはあまり語られていないので聞く術もない。日本の世相も敗戦により大きく変り、性を売る当時パンパンガールと呼ばれた売春婦もあちこちで見られるようになり、派手な服装で夜な夜な街角に立ち客を引いていた光景も、当時の有楽町界隈とは切り離して語る事はできない。また当時外国人相手をする娼婦を洋パンといって、あちら好みの服装をして人目を引いていた。

占領された四丁目の服部時計店は当時、アメリカＰＸといって、アメリカ軍隊の酒保があり、中には駐留軍関係者専用の日用品から食糧品まですべてが売られていたようだ。

そしてそこに出入りする軍人軍属は、皆大きくスマートで、敗戦国の卑しい服装の日本人から見ると雲泥の差があり、上から下までバリッとして格好よく、見る度に敗戦国の惨めさを痛感したものだ。

中でも女性軍属のチャーミングな装いは一段と一目をひき、帽子の下から覗く奇麗にカールされた髪型、深緑《ふかみどり》の瞳にルージュが白い膚に一際映え、すらりと伸びた足、栗色の靴と同色の肩に掛けたショルダーバッグがうまく全体のバランスを保って、ピンと背筋を伸ばし銀座通りを颯爽と闊歩する姿を、若い女性はみな、ため息と羨望をもって眺めていた。

正にそこには、勝者と敗者の姿を見る思いである。

皇居お堀端前にある一際大きな第一生命ビルは、逸早くマッカーサー司令部として占領され、星条旗の翻るあの豪壮なビルもいつの間にか周囲の風景の中に溶けこんでいったように思う。

あちこちの目ぼしいホテルも悉くアメリカ軍に占居され、ホテル裏口にある厨房からは何とも言えぬいい匂いがしてきて、通る度に空腹の中、匂いだけを満喫した。

浮浪児が屯するガード下付近では、あちこちで占領軍から仕入れた残飯で作った雑炊も夜台で売られて、いずれも漂ってくる匂いだけは何とも食欲をそそるものであったが、どんな空腹でもあれだけは口にできなかった。

その頃、ガード上を走る山手線、京浜東北線の車内もまた酷いものであった。座席のシートは至る所、靴磨きをする少年達にナイフで剥ぎ取られ、木製の床板は所々に小さな穴があき、走行中チラチラと下の線路の枕木が見えたりしたものだ。

朝のラッシュ時ともなると、その混雑ぶりは想像を絶するものとなる。

絶対数の足りない車輛と不規則な運転時間に、どこのフォームも超満員、溢れんばかりの人波であった。

そんな中、電車がフォームに入ってくると、若者達は特等席とばかり、車輛と車輛を結ぶ連結機に我先にと足をかけて乗り、車体にしがみつく。しっかりつかまっていなくては、振り落されたらそれで終りである。

見馴れてくると、それらの風景もさほど異常とは思えなくなる。

車内の混み方も、それにも増して恐ろしいとしか言い様がない。一人でも多く詰め込むため、座席はすべて座る所ではなく、土足で上に立つものと決められていた。あみ棚のあみはすべてむしりとられ棒だけの有様だ。

電車に乗り込む時のコツも、自然に覚えてくる。車輌の中間処のドアから入った方が未だ被害が少なくて済む。前部と後部の扉から入ったら最後、発車と停車の際の一瞬に乗客全体の重みが一気にのしかかってくるので、息もつけない状態になる。肋骨に罅《ひび》が入ってしまった人も何人か知っているし、事実私も四、五日痛みがとれず、そのあと医者に行った記憶がある。また、各座席の端の肘掛け板の所に押しやられると、同じように腸が引きちぎられそうになる。断腸の思いと言うのはあれからきたのでないか、と思うほどであった。

いずれも直に経験した者でなければ、あの苦しみは解らない。

正に異常としか言いようのない当時の通勤風景であった。

戦前、戦中、戦後を通し、その変貌ぶりを具に見てきた有楽町界隈。そんな中で古き佳き時代の銀座を思い出すとき、やっぱりあの風に戦《そよ》ぐ柳並木を切り離して考えることは出来ないのである。

出会い

出会いにもいろいろある。人と人との出会い。人と物との出会い。季節や場所との出会い。あたたかい出会い。反対に人生を左右するような衝撃的な出会いと、人生はすべての出会いから始まるといってもいいいと思う。

その中で、すばらしい景勝地との出会いもある。どうしても忘れられずつい何度も足を運んでしまうような場所もあるが、不思議とその都度、新しい出会いと発見があるのも面白い。

そんな中、私の好きな場所の一つとして、奈良の当尾《とうお》の里にある岩船寺から浄瑠璃寺に到る当尾の石仏の道がたまらなく好きで、過去に三回も足を運んでしまった。

とぎすまされた美と格式を持った京都の寺院より、私は荒涼とした自然の中にひっそりと生き続けてきた奈良のお寺の方が遥かに好きだ。今この季節、やっぱりあの日あの時と同じように辺りの風景は道行く旅人の心を和ませてくれているのかも知れないと思うと、楽しい気分になる。

草木に埋もれるようにひっそりと佇む磨崖仏、あぜ道の傍に見る小さな石仏。処々に点在する小さな茶屋。旬の野菜や果物を無雑作に紐に吊し売っている無人スタンド。道端のあちこちにしつらえてあるのも、何とものどかな光景だ。

小高い山の至る所に見られる大きな木に、たわわに実る当尾柿の赤が、澄んだ青空にひときわ映えて美しい。

そんな心地良い田園風景にひかれて、最初は娘と二人、次回は主人も誘い、三回目は親しい友人と二人、辺りの風景を満喫しながら、その都度、新しい感慨に浸りながらの旅も楽しいものである。

友人と二人、岩船寺の坂を下り、最初に見つけた無人スタンドの所で、大阪から一人で来られたという中年の女の方と出会う。福岡に居られる娘さんと大阪に住む息子さんの家を行ったり来たりして、自由に生きて居られるらしい。すてきな趣味もたくさんおもちの方で、道々楽しいお話もいろいろ伺う事ができ、旅はお互いの心を素直にさせてくれて、とても楽しい出会いとなった。そしてお互いの近況を賀状に託してのやりとりが、今も続いている。

奈良にはロマンティックな名のついた散歩道が幾つかある。山の辺の道、万葉の道、葛城《かつらぎ》の道、歴史の道、ささやきの小径、等々。春日大社二の鳥居から高畑町の志賀直哉旧居付近まで続くささやきの小径は、道の両側には馬酔木《あせび》の古木が密生していて、何ともいえぬ神秘的な雰囲気を醸《かも》し出している。馬酔木の木は葉や樹皮に有毒物質を含むため、馬が食べると酒に酔ったような状態になる事からこの名がついたと言われ、鹿にも敬遠されているため、どの古木もきれいに保存され、何かお伽話に出てくるような静寂の森の中の感じがささやきの小径というロマンティックな名にピッタリで、初めて出会った時の感動も忘れられない。

東大寺と相対する西の大寺として建立されたという西大寺から秋篠寺まで、畑の中を横切って通る細い歴史の道も、辺りののどかな田園風景によく溶けこんでいる。

また、薄暗い講堂と静寂さの中で見る秋篠寺の国宝、天平の美女、伎芸天女の立像も、あの優しいお顔と、何ともいえぬふくよかな姿態が、いつまで見ていても厭きさせない不思議な力で、観光客を魅了しているのかも知れない。

庭一面に咲き乱れる萩の花も、秋篠寺とは切り離せない。

また、奈良公園の小高い丘にある青葉茶屋という古い旅館にも、何回か泊った事がある。

数寄屋造りの平家建、窓の外には公園の木々の中に鹿の姿も見えて、窓をあけうっかり眼が合ってハッとする事もある。そんな宿から歩いて二十分ほどの所に、興福寺がある。その日有名な薪能が催されると聞き、能楽の好きな姉に誘われて夜、宿を出た。

深みゆく秋の気配を充分に感じながら、闇の中赤々と燃える松明《たいまつ》の灯りに写し出され、一心に能舞台に見入る姉の横顔も忘れられない。その姉も、もう亡くなって久しい。

能楽といえば、以前娘と二人観光で金沢を旅したときの事、日中あちこちの観光を済ませたあと、私達は国立の金沢能楽堂に立ち寄った。そこで偶然館長さんにお目にかかる事ができ、お能に興味を抱いていろいろ質問した娘の熱意に絆《ほだ》されてか、特別に普段あける事のない地下の能装束の納めてある部屋に案内され、由緒ある装束の数数を見せて頂き感激して帰った事を、覚えている。それも思いがけない館長さんとの出会いであった。

また、同じ金沢市内にある卯辰山に登った時の事である。娘がバッグの底に忍ばせてきた愛用の横笛をどうしても山の頂上で吹いてみたいという。市内を流れる浅野川の友禅流しを遙か眼下に眺め、私と娘は喘ぎ喘ぎ四、五十分かけてようやく頂上まで辿りついた。

金沢市内を一望する卯辰山の頂上は、全く人影もなく、時折小鳥の囀りだけを耳にする静寂そのものであった。少し汗ばんだ額に当る風も肌に心地よく、久しぶりに遠慮なく思いきり大きな音色が出せるよろこびで、娘は嬉々として笛を吹き続けた。と、そのときガサガサと草をかき分ける音がして、中年の女の方が二人私達の前にゆっくりと近づいてこられた。「すばらしい笛の音に誘われてついここまで来てしまいました。どうもありがとう」と言われ、何も無いのでお礼の印にと、持ち合わせのテレホンカードを娘に手渡して下さった。そのあと二人は娘の笛を静かに聴いて下さったあと、笑顔を残してゆっくりと山を下りてゆかれた。娘はそのあと麓に向かうお二人に届くようにと、いつまでも青い空に向かって笛を吹き続けていた。

旅先でなければ味わえない心の和むお二人との出会いであった。

また、私達一家にとっては奇跡とも思えるようなYさんとの出会いは、ある日こんな風にして始まったのである。

若くして他界した私の父は、生前明治神宮の神官の職にあった。そしてある日、突然心臓発作で倒れ、呆気なく世を去ってしまった。

そして、その後に残されたのは、若い母と五人の子供たちであった。誕生一年目という事もあって、私の中に父に対する記憶は全くない。

生前父を含む神官達は皆交代制で、社殿脇にある社務所に詰め、参拝者の応待に当っていた。

父がもし、あの日、あの時刻、あの場所に居なかったら、残された私達家族のその後の人生はいったいどうなっていたのだろうと思う。それは数奇な運命の出会いとしか言いようがない。

大正末期、当時明治神宮といえば伊勢神宮、熱田神宮と並び別格官幣社として神社の中の最高位に位置づけられ、東京は申すに及ばず、日本全国からの参拝者で連日賑わい、一日中境内の玉砂利を踏む足音が遠くからでもよく聞えていたという。

その日たまたま社務所の机の前に座っていた父の前に、多勢の人をかき分けて、父と同年配の男の人が近づいてきて、「おお！　君ここに居たのか、懐かしいなあ」と声をかけられ、父はひどくびっくりしたという。

そしてそれは何年か前、軍隊で生活を共にした戦友のYさんだったのである。

そしてその時の出会いがきっかけとなり、Yさん一家とは生涯の恩人としての長いつきあいの出発点となった。

Yさんの出身地は京都であったが、その後上京、当時は東京・池袋に居を構えていた。

大正末期、当時の世相の中で庶民の明治神宮に対する崇拝ぶりは特別なものがあり、したがってその背景を物語るように、当時、皇族、宮家や各界の著名人から奉納される最上級のお供物は後を絶たず、そのお下がりを神官や、神宮関係者等が頂戴していたという。御多分に漏れず我が家の押し入れにも常時それらの品が溢れ、広く知り合いの家々にもお分けしていたと、当時をふり返って母はよく言っていた。太っ腹で世話好きの父はよく見ず知らずの同郷人と名乗る人達を家に泊めて、もてなしていたという。家に出入りの職人さん達も、普段目にできないお供え物のお裾分けにも預かれるという事もあって、喜んで仕事にきていたという。

戦友のYさんとの家族ぐるみの交際が始まったとき、無類のお酒好きで、一滴も嗜めない父に代わり、Yさんはよく伏見の造り酒屋から奉納される最上級の薦かぶりの酒樽を、住んでいた池袋から神宮わきにある官舎まで、大八車を引いて一日がかりで取りにきていたという。

面倒見のいい父は、戦友としてのYさんにも、いつもあたたかく接していたようだ。

そんな家族ぐるみの交際が何年か続いたある日、突然何の前ぶれもなく、父は朝刊を手にしたまま倒れ、そのまま還らぬ人となってしまった。時に四十二歳の若さであった。

突然起きたあまりの出来事に、母は呆然として涙も出なかったという。広い東京に親類縁者も全くない母は、そのときどんな思いであったろう。今、相談相手として頼れるのはYさん一家だけ。父がいなくなった後、官舎を出なくてはならなかった母と子供達は、代々木から原宿、千駄ヶ谷と転々と住まいを変え、移る度に家は小さくなっていったと、後に母が語っていた。娘時代身につけたお琴を教える月謝と、国から支給される父の恩給だけが、一家六人を支える唯一の収入源となったのである。

そして無理が祟って病気がちとなった母の前に、ある日突然訪ねてこられたYさんは、「戦友には今までいろいろお世話になった。今度は私が恩返しをする番だから何も言わず私達に任せてほしい」と言われ、直ぐあちこちの家探しから始まり、Yさん一家のすぐ近くに家を見つけ、呼び寄せてくれたのである。

そして子供のいないYさん夫妻は、私達を皆実子のように思ってすべての面倒をみてくれていた。それに甘え、私達兄弟は事ある毎におじさん、おばさんと呼んであらゆる相談事ももちかけ、我が家同然に出入りするようになっていた。正直言って私はかなり大きくなるまで、Yさん夫妻を実のおじさん、おばさんと信じて疑わず、赤の他人とは思ってもみなかったのである。その頃から病気がちであった母に代わり、おばさんは親身になって子供達の世話までしてくれていたのである。

進学の相談から就職の世話までも。ちょうどその頃京都で能楽の店をもっていたYさんの妹さんが、東京に支店をもち、その店に姉の就職先も決まり、女主人（つまりYさんの妹さん）からも娘のように扱われ、姉は何の苦労も知らず幸せな娘時代を送る事ができた。現在も東京・神田小川町に観世流の能楽関係の老舗として、手広く立派に営業を続けておられる。

その後二人の姉たちも、Yさん夫妻の親身のお世話で幸せな結婚もし、後にはいい晩年を迎える事ができたのである。

そして若くして苦労を重ねた母であったが、その後幸せの中に天寿を全うし、Yさん御一家に感謝しつつ五十年も先に逝った父の許にと旅立って行ったのである。生前母は常に、Yさん御一家には足を向けて眠れないと、口癖のように言っていたのを思い出す。

当時傷心の母と私達五人の子供達の大きな支えとなってくれたYさん一家に、あのとき巡り会えていなかったら、いったいどうなっていたであろう。一家心中でもして既にこの世には存在していなかったかも知れない。人情も地に堕ち、人と人との繋りが一段と希薄になってしまった今、若い人には想像もつかない話であろう。

ほんの少しお互いのタイミングがずれて、あの日の父とYさんとの出会いが無かったらと思うと、家族の今の幸せを前に、数奇な運命とその出会いをくれた神にただ感謝するほか無い。

程よい隔たり

古今東西、永遠のテーマとされてきたものの中に嫁姑問題があるが、我が家の場合お嫁さんの気立ての良さに支えられてか、四半世紀を越え現在もお互いの間に何ら不協和音も感じる事なく過ごしてこられたことに、感謝している。

二世帯同居に踏み切ってから丸四年の歳月が流れたが、その間ごく自然体で夫々の生活をエンジョイしてきた。そして今まで知らなかった本当の彼女の良さも徐々に分かって、彼女ってこんな可愛い面もあったんだなんて新しい発見もあり、同居の良さを実感している。「ママしばらく見なかったけれども元気だった?」「あら、おかあさんも」上と下に住んでいながらこんな会話も我が家には珍しくない。

用事があるときは日に二度、三度とバタバタと下りてくるが、別に用事が無い限り

三、四日顔を見ない事もザラである。
それでも時折聞える二階の生活音が、心の中の安心感となっている。

我が家の場合、水廻りから出入口まですべて別建てで共有する部分は何もない。唯一、廊下の一ヶ所にある二階への扉が、双方の接点になっている。ドアにキーもついているが、通常お互い留守にするときも施錠はしない。それは別に取り決めたわけではない。必要が無いから掛けないだけの話だ。唯一娘の方の小さな孫が来ると、息子達一家が好きで、勝手に上りこんだら最後下りて来ない。そんな時こっそり掛ける位である。

元来昔から出不精の私は、相手が我が家に来てくれるのは大歓迎だが、こちらから出向くのはどうも億劫で仕方ない。そんなわけで息子達とは結婚当初から一方通行を決め込んできた。そしてそのままの形態を引きずっての今回の同居となったので、こちらから用事があるときは電話をして来てもらうか、境のドアの所から大きな声を出して呼ぶ。

よく家によっては、同居の際いろいろとルールを作って取り決めをするらしいが、我が家にはそんな面倒なルールは一切無い。まったく行き当りばったりである。若い者がいる所は、家族の状況も刻々と変化する。子供の成長は驚くほど早い。つい昨日まで小学生と思っていた孫も、あっという間に思春期を迎えてしまう。

それぞれの帰宅時間もまちまちで、夕飯に全員が揃うという事も珍しい。そんな中、夕飯だけはいっしょといったルールを作っても、実行できなくては意味がない。とにかく、お互い絶対無理をしない事が大切だと思う。

同居に当って初めから何の約束事も交わさないままでの私達の出発ではあったが、お互い心の中では最低のルールは守りたいという気持が常に働いている。双方の垣根は要らないが、程良い隔たりはあった方がいい。

そしてその中には、ほんのちょっぴりの遠慮と相手への思いやりを仕舞っておきたい。

またその配慮は、双方になくてはならないと思う。どちらか一方その気配りに欠けると、どこかに歪みができて、おかしな方向に行ってってしまう。それは別に難しい事でも何でも無い。最初の出会いのとき、両方がその事を感じとっているだけで、暗黙の内にすべてうまくいくと思う。お互いその距離も持たず、ついズカズカと土足で踏みこんでしまいがちな娘とは違って、お嫁さんには娘には無い別の愛《いとお》しさがある。何かして上げたい、とそんな気持ちにもさせられる。

また私達の間では、結婚当初から気がついてみると何かにつけお互い〝ありがとう〟という言葉をかけていたような気がする。そんな日常の会話の中の小さな言葉が、案外私達の間の潤滑油になっているのかも知れない。

また二人の間には、どうにもならない相性とか血液型の組合わせもあるようだ。

結婚前の孫娘が、将来の理想とする夫婦像に自分の両親の姿を描いているという。

それくらい息子達二人は仲が良い。ちなみに夫と私、息子と娘も皆同じ血液型である。息子と仲の良いお嫁さんが、私達三人とも円満にやっていけるのも、そんな血液型の組み合わせかも知れない。事実私は、同じ血液型の息子なんかより、彼女の方が遙かにウマが合って楽しい。とにかく、毎日を快適に過ごさせてもらえる事に感謝して、そんな彼女との出会いをくれた息子にも、秘かにエールを送りたい。

ポストカプセル

元旦に届いた年賀状の束の中に、可愛い絵のついた透明な袋に入った、私と娘宛の二通の葉書が混っていた。誰からだろうと思って手にとってみると、それは正しく十六年前の自分と娘の手書きの葉書であった。当時の四〇円の切手も貼ってある。昭和六十年に開催された国際科学技術博覧会を記念して出された、ポストカプセルだったのだ。

遠い記憶の中に、娘から渡されていっしょに書いた日を思い出した。「二十世紀の私から二十一世紀のあなたへ」というキャッチフレーズのとおり、すっかり忘れていた十六年前の自分宛の葉書には、当時の世相も反映して、日航機御巣鷹山墜落事故の大惨事や、ロスで起きた三浦和義ロス疑惑事件の状況も記されている。

当時私は五十九歳。二〇〇一年を迎える事自体、何だか夢のようで想像もできなかった。趣味ばかりに夢中になって、全く結婚に興味を示さなかった当時の娘も、今は二児の母。子育ての真最中である。

私達夫婦も何とか健在で、三年前に同居して二階に住む息子たちの家族とも何の問題もなくお互い自由に楽しく、夫々の生活をエンジョイしている。

唯一、文中の最後で「そのときはもうおとうさんはいないと思う」という件りを見て、「俺だけ先に逝かせて自分だけのうのうと生きるつもりだったんだ」と主人がぼやく事頻り。とにかくこんな粋な計らいをしてくれた郵政省に感謝して、今改めて家族の幸せを実感出来た二〇〇一年のお正月であった。

我が母校

卒業した小学校から創立百周年の記念式典の知らせを受けたのは、九月も半ば過ぎであった。

七十六歳にして、たまたまこの記念すべき年に巡り会えたのも余程運が良かったとばかり、時々連絡を取り合っている同期の友達三人と、出席を決めてその日を待った。

二〇〇一年十一月十七日の土曜日であった。

卒業以来六十数年。

その間戦争を挟んで、周囲の状況はがらりと変り、当時を偲ぶものは何も無い。

戦災の最も酷かった下町あたりでも、思いがけない所に、焼け残った場所を見つけたりしてほっとするものだが、辺り一面全て、焼土と化したこの地では、戦争によって信じられないくらいの変貌を遂げた。

当時コの字型に建てられた典型的な木造二階建ての校舎は、瀟洒な一部四階建ての校舎へと変っていた。池袋サンシャインビルを右手にし、車の騒音の中に建つ高速道路を隔てた学校は、林立するビルの谷間にあった。

その昔、学校の曲り角にあったお地蔵さんが、新しいお姿になって、校門の入口に祀られ子供達を見守っておられる。

驚くのはそれだけではない。

資料によると、私達入学時の昭和七年には一九〇五名いた生徒数は、現在その一〇%にも満たない一三七名とある。中には僅か一七名という学年もあってびっくりした。先生の数は約三十名。

かつてその頃、人口密度の最も高かったその地区は、今また最も昼間と夜間の人口の格差のついた地区ともなった。

戦前の六三三制が導入される前の時代で、どこの小学校でも、六年の小学課程を卒業すると、四年もしくは、五年制の中学校へ進むか、あるいは、小学校からそのまま直結して進む高等科を選択するかであった。

各家の子供数も平均五人と子沢山であったため、昼休み等に全校生徒が一度に校庭に出ると、自由に走り回る余裕すらなく、みなワイワイ、ガヤガヤとひしめき合っていたような記憶がある。

現在のサンシャインビルとその脇にある公園も、戦後、東條英機を初めとする多くのA級戦犯を収容し、その処刑を行った巣鴨刑務所の跡地である。

当時、高いコンクリートの塀が延々と続くその外側では、看守の見張りのもと、腰に太い縄をつけられた囚人が数人ずつ、座って草取りの作業をさせられていた。

罪の重い受刑者は上下共、真赤な作業衣を着せられ、やや罪の軽い受刑者は、青色の作業衣に、夫々、みな頭には首まですっぽりと入るような深い編み笠を深々と被り、看守に見張られて黙々と作業に励んでいた。

場所柄、当然、お父さんが看守の職にある家の子供達も何人か通学していた。

その頃はまだ、着物通学をしていた児童もちらほらと見られ、冬の寒い教室で暖をとるのは、広い教室の片隅に置かれた木製の火鉢だけで、皆一様に寒さに震えていた。

後に金網で囲っただるまストーブが置かれるようになり、ようやく寒さから解放された。

また表からの汲み取り式の深い大きな便槽の上にある当時のトイレは、寒々として汚く、怖い印象だけが強く残っている。

戦時色も日増しに色濃くなっていく中、お上からの圧力は学童達の所にまで及び、校庭に並ぶときは、厳冬時でも、外套の着用も許されず、式典の時は、終始、直立不動の姿勢で長時間立たされ、気分が悪くなり貧血を起こして倒れる生徒も必ずいたものである。一方先生方も馴れたもので、中の一人の先生が後方でそれを見張っていて、倒れそうな生徒を見つけると、走り寄って、急いで医務室に連れて行ったものである。

また、突如、戒厳令の敷かれた、二・二六事件のあった朝、降りしきる雪の中、子供心に暗く重い不安な一日を送った記憶が、後々まで続き、鮮明に心に焼きついていた。不穏な空気がたちこめる中、日本は確実に少しずつ、戦争への道を歩き出していたのである。

また、当時、学校では今のような給食制度なるものはもちろん無く、皆一様に家から持参した新聞紙に包んだ弁当箱をあけ、薄い蓋の中にお茶を注いでもらい食べていた記憶がある。

弁当の内容もみな、今とは比較にならないくらい貧相で、日の丸弁当と称し、梅干が一つだけ入った弁当を持ってくる子供も珍しくなかった。庶民一般が貧しい生活を強いられていた中にあって、その弁当すら持たせる余裕もない家庭の子供が、どこのクラスにも、二、三人はいたように思う。

そんな家庭の子供達だけに、学校から弁当の支給があり、別の教室に集まって食べていたようであった。

とにかく、暗いイメージだけが残る六年間の学校生活であった。

それに引き換え、今回出席した式典の中で見た母校の変貌ぶりは、ただただ大きな驚きであった。

その日、直に接した在校生達は、皆一様に礼儀正しく、明るく、素直で、現代の荒廃した都会の垢は微塵も感じられず、多くの先生方から毎日、木目細かな行き届いた指導を受けていると、こんな素晴らしい子供達に育つのかと、その見本を見せて貰ったような気がし、まるで無菌状態の山の分校にでも来たような錯覚さえ覚え感動した。それだけに、その蔭での先生方の並々ならぬ情熱と、御努力が偲ばれて胸が熱くなった。

小説家、演出家として多方面で活躍されている川崎徹さんも母校の出身で、以前、NHKテレビで放映された「ようこそ先輩」に出演されているのを見、そのときの生徒の素直で、とびきり明るい笑顔が忘れられず、その授業の中で一人の生徒の作った、「サンシャインには負けてない輝く笑顔を育てます」というキャッチコピーの印象が強く残っている。

式典は、先生はじめ、父兄や関係者からなる手作りのあたたかい雰囲気の中で進められ、PTAの会長さんも三十代の若いお母さんと知って、すっかり明るく若返った母校に思わずエールを送りたくなった。

その日児童に案内してもらったトイレも、昔の暗いイメージとは程遠く、綺麗でどこかのホテルかデパートのトイレかと見紛うばかりであった。

その学校も生徒数が足りず、二年後には他の学校に統合されると聞き、ちょっぴり残念で淋しい気持になった。

この学校の歴史は古く、前身は百三十年前に遡る明治維新に出来た寺子屋であるときく。

東京一の繁華街のど真ん中にある、東京一のあたたかい時習小学校。それが愛する我が母校である。

私の食の原点

昭和二十年夏、国民の誰もが間近に迫った日本の敗戦を意識し始めた頃、東京で家を焼かれた私達家族四人は、亡き父の生まれ故郷でもあった関西地方の、ある山村に疎開していた。けれどそこでの生活は、他所者《よそもの》は寄せつけないという極めて頑《かたく》なな土地柄だったせいか、僅かな食糧も分けてくれる所もなく、やがてくる餓鬼道を地でいったような厳しい生活の幕あけとなった。

来る日も来る日も、毎日の食卓に載るたった二十粒ほどの大豆はあっという間に喉元を通り過ぎてしまう。家族全員が極度の栄養失調から、私や姉の生理も止まり、空腹の為、借りていた離れの縁先にも足が上がらず、天井から吊した紐に縋っての上り下りであった。

そんなある日、知り合いの者から畑に捨ててある水被りのさつまいもをくれるという話を聞き、飛び上がらんばかりの思いで畑に向かった。水を被った芋は、どんなに火を通しても固く、とても食べられる代物ではなかったが、私達にとってそれは貴重な生きる為の糧となった。食べ物の恨みは怖いというが、その芋の分配を巡って、切羽詰まった私達家族の和は一瞬にして崩壊寸前まで追いこまれ、きっと傍から見たら皆凄い形相をしていたと思う。

家族全員、眼は落ちこみ、眼光鋭く、栄養失調が原因で出来る手足の潰瘍や湿疹も、薬や包帯も無いため、それを治す手立てもなく、すべて成り行きに任せる外ない状態であった。

若くして夫を失い、苦しい中から五人の子供を育て上げ、自分を犠牲にしてすべて子供達の為だけにという姿勢を貫いてきた母であったが、そのとき断固として自分の取り分を主張して譲らなかった母を前に、人間ギリギリのところまで追いこまれるとこうも豹変してしまうものかと、妙に感心した事を覚えている。

その後間もなく終戦を迎えたが、疎開先での食糧事情は一向に好転せず、折しも軍隊から帰った義兄は「こんな所にいたら皆死んでしまう」と、急遽強引に東京へ連れ帰ってくれた。東京に帰った私達は、食糧難とはいえ、お互い傷つき合った者同志のあたたかい人情に触れ、ほっとした思いであった。僅かながら配給も受けられるようになり、徐々に人間らしい生活にも溶けこんでいけるようになった。

あちこちの闇市にもそれなりの食糧が少しずつ登場し、戦中戦後をとおし貴重品とされた砂糖やそれに代わる人工甘味料も出始め、その中でも特に貴重品の最たる物という観念が五十数年経た今も抜けきらず、砂糖の安売りのチラシを見るとついあちこちのスーパーを巡って買い漁ってしまう。何とも悲しい習性だ。その為か、私の食に対するこだわりは人一倍強く、四十年来続けているパンや菓子作りも、いつの間にか趣味の域を越えた。それにまた、今最も興味をもっているものに料理と陶芸がある。その中でも知り合いの陶芸家の作る器は、どれも私の好みにピッタリで大事にしたいので、家人にもあまり触らせない。いい器に出会えると、それに見合ったいい料理を作りたくなる。

ふっくらとしたあたたかみのある深鉢には、思いきり色の濃い物を入れると良い。

きっと大粒の黒っぽい花豆なんか似合うだろう。傍にはシックな塗りのお玉も添えてみたい。夢は際限なく拡がって、直ぐにでも作ってみたい衝動にかられる。

深夜になりこっそり台所に立つ。昔ながらの古い乾物屋さんで仕入れた花豆は、まず水から煮てよく冷まし、皮が切れないよう一粒ずつ丁寧に針で穴をあける。面倒な工程を何度も繰り返し、調味料の塩梅も程よく出来上がった豆は、ふっくらとし色艶も最高で、申分なし。潰さないようそっと器に盛る。想像していた通りの出来映えに、大満足。

思わず顔が綻ぶ。

黒っぽいちょっと深みのある大皿には、緑色の葉蘭を敷き、その上に色どりの良い押しずしを置いてみたい。えびのピンク、卵の黄色、穴子の茶色と平目の白。頭の中がカラー写真のように拡がる。思いついたら我慢できず、夜中にそっと庭に出て、大きな葉蘭を手繰り寄せ、鋏でパチンパチン。序でに押しずしの上を飾る山椒の小さな若い芽も摘んでおこう。

これでは真夜中、庭先を徘徊する痴呆老人と間違えられても仕方あるまい。

こうした飽きる事ない私の食に対する大きなこだわりは、何といってもあの悲惨な戦争時代の体験に原点があるように思われてならない。

そして二度と味わいたくない衝撃的な体験であったが、一方それを通し、人間どんな事態に直面しても何とか生きられるものだという確信を得たような気がする。

平成十三年十月味の素食の文化センター発行「食と人生――81の物語り」より

髙齢化社会を生きる

周囲が一段と髙齢化社会へと進むなか、自分が今、その渦中に在るという事が本当に信じ難い。八十八歳。どうしてこんなに生きてしまったのだろうと思う。そしてただありがたい事に今現在、身体のどの部分にも不具合は感じられず、二世帯住宅の二階に住む息子達夫婦とも、本当にあたたかく優しく見守ってくれていて心から感謝している。

夫を失ってから四年あまりの歳月が流れた。日常生活の中での何気ない会話。黙っていても解り合えるお互いの気持ち、それらを失ってこんなにも味気ない空虚な気持ちになるのかという事も初めて知った。

〝子供達には迷惑をかけずひっそりと逝きたい〟そんな贅沢な願いは叶えられるの

だろうか。結婚当初から書き続けている日誌も数十冊を越えた。時々それらを反復して読み返し当時を振り返っている。

毎朝欠かさずやっている神棚と仏壇の掃除。健康も損わず元気に続けさせて貰える事に感謝したい。御近所の若い方々に頼まれてやっているパンやケーキ作りも日常の生活の中に潤いを持たせてくれてありがたい。

ともかく今、残された人生を周囲に迷惑をかけず精いっぱい生きていきたい。

それが今の私の唯一の願いである。

六十年ぶりの銀座散策ひとり旅

思いもかけず六十年ぶりに実現した銀座散策ひとり旅。私は戦争の前後五年近く東京丸の内の一角にある会社に勤務していた。当時多くの会社は土曜日は半ドンと決まっていた。

私達女子社員は、お昼の退社時刻を待って洗面所へと直行。身嗜みを整えて仲の良かった友人と連れ立って会社をあとにする。

皇居のお堀を優雅に泳ぐ白鳥の姿を右に見て、日比谷交差点を左折、銀座四丁目を目指す。途中お目当てのレストランで昼食をとり、洋画鑑賞。そのあとは、風にそよぐ柳をバックにウインドウショッピングを楽しみ、フルーツパーラーでお茶を飲んで別れる。それがお決りのコースだった。久しい間にすっかり様変りしている商店も数多くあったが、銀座独特のあの雰囲気も随所に見られほっとした。とうの昔、黄泉路へと旅立った仲の良かった友達を思い、ちょっぴり寂しさも味わったがいざどうしても歩けなくなったらすぐ車を呼ぼうと心に決めて行った念願のひとり旅。

　そして今夜は夢の中で、先に逝った主人にも遂一報告をしようと思いゆっくりと眠りについた。これは残り少なになった私の人生の一ページである。

青春の回想

昭和十七年四月。女学校卒業後入社試験を受けた二社から合格通知が届き、さんざん迷った挙句、当時軍需産業という事もあって、ダントツに給料の良かった日炭（日本石炭）を選ぶ。だが戦争勃発後間もなく、会社も自宅も空襲で被災し無一物になる。その後家族は亡父の実家がある奈良県に疎開していたが、終戦後再び東京に戻り、前の会社（日炭）に再入社する事になる。人間の一生は、ほんのちょっとした動機に左右されるものだという事を後に知らされる事になる。最初受けた二社から合格通知が来たとき、別の会社を選んでいたら、また、全く別の人生を歩いていたと思う。

私の自宅と同時期に被災し消失した会社はその後同じ丸の内にある、あるビルの五階に移転していた。大きな部署の中にあった一つの係の中で女子社員はごく僅か。そんな中で皆が出社する前に部屋の清掃をするのは当然私の日課になっていた。その日も少し早目に出社しひとり机を拭いていると急に後のドアをノックして若い男性がひとり「お早ようございます」と挨拶をしながら部屋に入ってきた。

当時は軍隊からの招集を受け長い間戦地に行っていてその後終戦を迎え、無事帰還し、仕事に復帰する男性がどこの部署でも次々に増えていった。

「お早うございます」

「お還りなさい。」これが主人と交した最初の言葉であった。

その外、主人との結びつきは、不思議な感覚で私の心の中に深く残っている。

それは主人がまだ兵役で戦地（中国）に行っていた時の事。当時戦局も少しずつ色濃くなり始めたある日。同じ課で浦和近辺に住む、東大出身のIさんという、主人と同年の先輩から係の者に、戦局もあまり逼迫しない内に一度レクリエーションのつもりで皆で大宮近辺を歩いてみないかと誘われ、その時十名近くの社員が参加、皆で大宮氷川神社近辺を散策、当時畑の中を横切って通る、開通間もない今の産業道路を歩いた。そしてそのときIさんは、この近くに昔からの有名な美味しい、うなぎ屋さんがあるから寄ってみないかと誘われ皆で立ち寄る事になった。広い庭の正面にある大きな茅葺きの母家。中央には古い釣瓶井戸もあり、私達は奥まった離れの一室に通された。そのとき案内役にあって、後に義理の兄嫁となった人の顔も不思議とよく覚えていた。

そしてその時、メンバーの中のひとりが帳場で聞いた話によると、過去に会社（日炭）に勤めていて現在は兵役で戦地（中国）に行っている男性がいるとの事、それが正に主人だったのである。

さて話を元に戻そう。当時東京駅では京浜線と山手線は同じフォームであった。浦和方面に行く主人が乗る京浜線と私が乗る池袋方面へ行く山手線。私達は度々フォームで顔を合わせる日が多くなった。その日もたまたま主人といっしょになり、「今、王子にある飛鳥山の桜が見頃でとても綺麗だから観に行かないかと誘われ、その日私達は夕暮迫る王子駅で下車、駅から十分程の所にある飛鳥山に向った。桜は案の定見事に咲き揃い、公園全体を桜色で覆っていた。そんな事があってから、どちらからともなく帰りは東京駅のフォームで待ち合わせて帰る事も多くなっていった。時には赤羽駅で下車、緑色濃い荒川土手を散策した記憶も懐かしい。良い映画が上映されるとあちこちの映画館にも足を運んだ。

戦後間もないという事もあって、当時都内の映画館では、結構、質の高い洋画が数多く上映されていた。エリザベス・テーラー、オードリー・ヘップバーン、アンルイス、ゲイリー・クーパー、モーリン・オハラ、グリア・ガースン、等々懐かしい面々を思い出すと切りがない。

主人の好きな西部劇にもよく行った。

日比谷交差点近くにあった日比谷映画館、銀座みゆき通りにあったみゆき座、スカラ座等々。そして帰りにはフルーツパーラーでお茶を飲んで帰る。そんなパターンが多かったように思う。

また、当時勤務中、上司から廻覧の書類が廻ってくると、時々その書類の中に、今日のデートの場所と時間が書いた小さなメモが挟んである事も多くなった。でもお互い結婚を決めていたわけでもない。そんな中、不埒な行為はいっさい御法度という私からの最初の約束は堅く守られてのデートであった事は、今でも主人に感謝している。

戦後住んでいた地から引越して住所は変ったがデートはその間も続いていた。そしていよいよ結婚へのコースを歩き始める事になる。物資も未だ充分でない中での結婚は想像を遥かに越えたものであった。当時結婚式場といえば各デパートの最上階にあった。そしてその式場にもおのずとランクがあり、三越、髙島屋本店は上ランク。上野にある松阪屋といえば当然その下のランクと決められていた。当時若かった私の心の中にも小さな夢もあり、三越での挙式を希望していたが、主人の姉達の主張で松坂屋での挙式が決まってしまった。またその頃、現在では全く想像もできない当時の世の中のしきたりは本当に酷いもの、驚くほかない。当時お米や木炭、衣類等はすべて切符を使った配給制で、それ以外で物を入手する手だてはない。いつどこに行くにも配給で貰ったお米と炭を持っていかなくては何もやってもらえない。〝ウソ〟の様な本当の話である。当日着る晴着もすべて自前となっている。私は兄嫁から借りた地味な振袖であった。

またその当時、新婚旅行先のメッカといえば箱根湯本、熱海、伊東であり、私達は迷った揚句、その中の伊東での一泊旅行を選んだ。結婚式場と同様、炭とお米を忘れると、ヒドい目に会う。厳寒の二月初旬、部屋の隅にある小さな火鉢には赤い炭の欠《か》片《けら》もない。慌てて忘れてきてしまった自分に腹が立った。全くウソの様な本当の話である。

そして結婚式も済ませ少し落ち着いてホッとした頃、私が突然思いもつかぬ病魔に犯され急遽東京の病院に入院を余儀なくされ、それでも運良く九死に一生を得て無事退院する事が出来ホッとする。

そんな事があってから程なく、主人の浮気が次々と発覚。その都度よく冷静に乗り越えてきたものだと思う。でも今までさんざん苦労してきた実家の母にはひと言も話さず、その都度、主人の母に相談にのってもらい事無きを得た。義母はかつて自分にも経験があり、常に私に対しあたたかく見守っていてくれて本当に感謝していた。

その後の永い人生。様々な紆余曲折はあったが結婚六十周年目の節目を主人が入院していた病院のベッドの上で迎える事になる。

ショートケーキを買ってきて祝ったたった二人きりの六十年目の結婚記念日は永遠に忘れられない。そしてその年の四月、主人は何の苦しみもなく眠る様に、黄泉の国へとひとり旅立っていったのである。

その後私は周囲を取り巻く家族のあたたかい眼差しに支えられての毎日で本当に皆に感謝している。そして今、六十五年前主人と毎日待ち合わせた駅のフォームでのデートの誘いを今か今かと待っている毎日である。

あとがき

現在八十八歳。よくまあここまで生き抜いてきたものだと我ながら感心する。結婚もし、現在の地に移り住んでからの方が東京に居た頃と比べはるかに長いのに、私の中で（ふるさと）といえば（東京）というイメージしか湧いてこないのはいったい何故なのだろう。あの悲惨な戦争を潜り抜け、あまりにも大きな出会いとなった昭和の動乱期を生き抜いてきたからであろうか。最近は、どうしても記憶しておかなければならない事柄までいとも簡単に忘れ去ってしまうのに、五十年も六十年も前の記憶となるとカラー写真の様に次々と鮮明に甦ってくるのは何故だろう。現代の殺伐とした東京ではなく、ゆったりと時が流れる中での最も良き時代の東京を忘れる事なく是非書き残しておきたい。そう思って書き始めてはみたものの、ちょっと体調を崩すと不安が先に立って泣くなく見切発車という形をとってしまった。少し残念な気がする。

著者略歴

小嶋敏子（こじまとしこ）

大正十四年、東京に生まれ結婚まで東京で暮らす。
昭和十七年、現在の東京都立忍岡高校卒業。
紙粘土等を使い、昭和初期の東京下町のお店数十点を再現、
NHK テレビで三回、TBS テレビでも放映される。

個展七回
日本手工芸文化協会の美術展において最優秀技術賞授賞

八十八歳を生きる　ふるさと東京の今昔

2013 年 6 月 21 日　初版発行

著者　小嶋敏子

発行・発売　創英社／三省堂書店
〒 101－0051　東京都千代田区神田神保町 1－1
Tel. 03－3291－2295
Fax. 03－3292－7687

印刷・製本　日本印刷株式会社

ISBN978-4-88142-804-7 C0095